會津八一の旅の歌

山崎馨

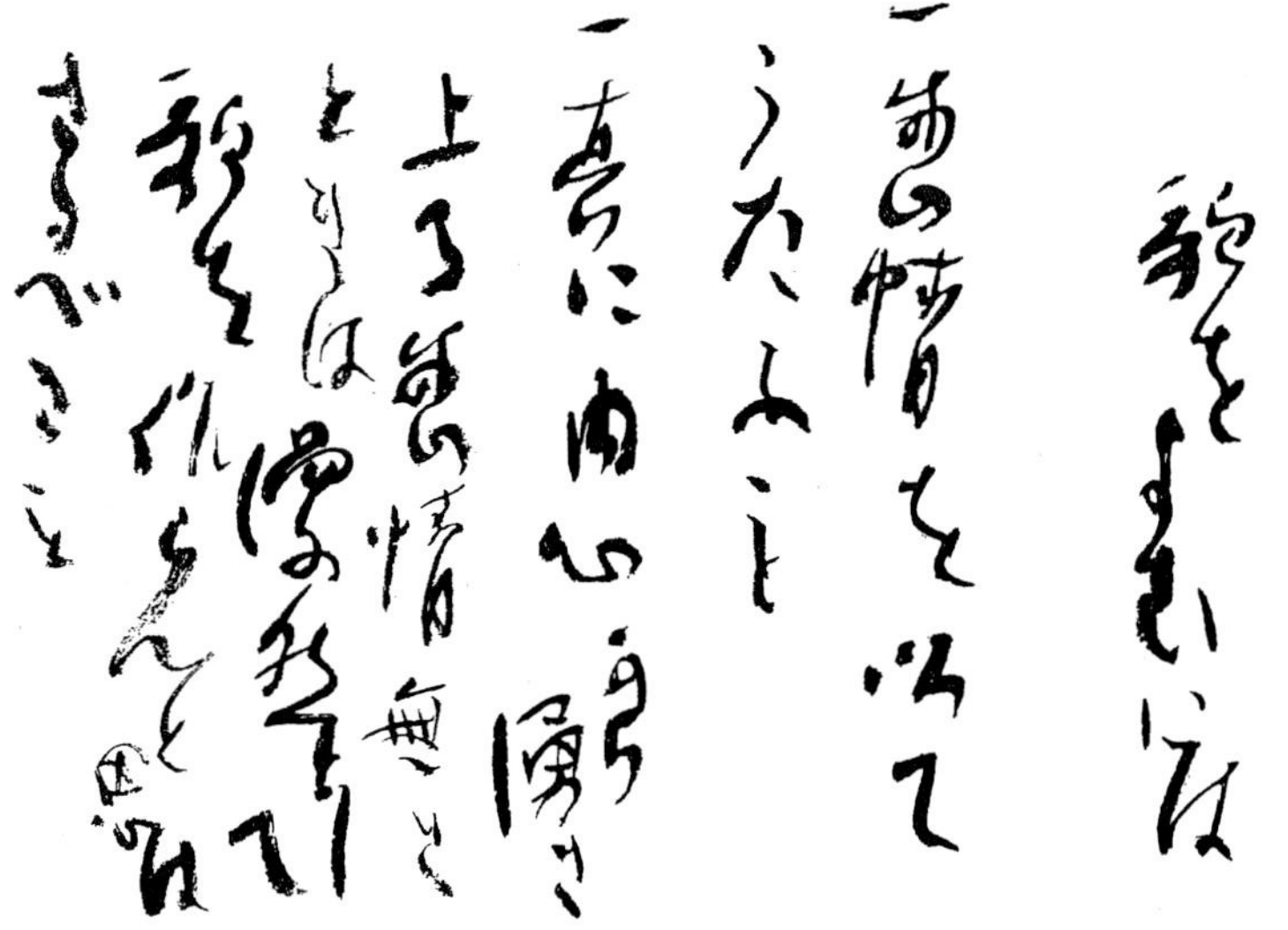

昭和23年、會津八一墨蹟「歌をよむには」（本書195ページ参照）
（中山イツ編『歌を読むには』昭和57年９月、中央公論美術出版より）

咸陽宮址出土瓦当拓本
（本書222ページ参照）

目次

第一章　會津八一と吉野秀雄

一

人生には各人各様のさまざまな出会ひがあり、また各人各様のさまざまな別れがある。この小稿は、會津八一と吉野秀雄との出会ひから別れまでを、その歌を通して概観することを目的としてゐる。それはまた、両者の人格が触れ合つて飛び散る火花、互ひの人生の旅の一端を見ることにならうか。

秋艸道人會津八一は、大正十三年（一九二四）十二月、四十四歳にして初めて歌集『南京新唱』を世に送つた。そこに載せられた歌は、明治四十一年八月から大正十三年に至る作品九十三首（のちに六首を追加して九十九首とした）であり、十分に彫琢を加へた珠玉の小歌集であつた。しかし、古代の佛教美術にかかはる歌が多く、その方面の知識が乏しい人に難解の感を抱かせたのである。

大正十四年（一九二五）三月は、會津八一と吉野秀雄との出会ひを予告する重要な時となつた。すなはち、その月に刊行された雑誌「木星」に會津八一「村荘雑事」十七首のうちの六首が載り、それが吉野秀雄の眼を強く照射し、強く心を揺り動かしたのである。

> げに今の世にもかゝる歌があるか、かゝる高踏秀聳の詩魂が現在するかと驚異せざるを得なかつたのだ。そしてこの直覚的感銘は、後年私が道人に関して学び知つたることのすべてを既に明確に予断しておつ《ママ》たものと言うてよいのだ。（吉野秀雄、昭和九年七月、越後タイムス）

そこで吉野秀雄は「絶世の好著」たる『南京新唱』を入手し、それを枕頭に読み耽つた。枕頭とはその前年に肺患が悪化し、慶應義塾理財科を中退して、郷里高崎において専念仰臥の月日をすごしてゐたことをさす。そのとき吉野秀雄は巻頭の「春日野にて」を読み下しただけで恍惚の感に襲はれ、当時の印象を

何といふ円融具足の歌相であらうか。何といふ一筋に徹れる情熱の迸りであらうか。まことに言語道断ただ神品といふの外はない。(吉野、同前)

と述べてゐる。吉野秀雄は『南京新唱』をくりかへし愛読したが、集中の二首だけはどうしても理解が及ばなかつた。その二首、

まがつみは　いまのうつつに　ありこせど
ふみしほとけの　ゆくへしらずも
みみしふと　ぬかづくひとも　みわやまの
このあきかぜを　きかざらめやも

を示して、意を決して會津八一に質問状を送った。これについて吉野秀雄は「會津先生から懇篤な御回答を得た」と言ひ、會津八一が吉野秀雄に宛てた返書（大正十五年四月十五日付）を見ても「拙歌御愛誦のよし忝く存じ候」といふ書出しに始まり、二首の背景を簡明に示し、その上で

御質問の二首の如きはこれまで可否ともに人の評せしことなし　即ち集中にて最も難解のものは此二首なればなるべしと平素自ら微笑いたし居たる次第にて候

と述べてゐるのであつて、たしかに懇篤な回答なのであつた。然るに、會津八一『續渾齋随筆』所載の「友人吉野秀雄」によれば、吉野秀雄の質問状について次のやうに言ふ。

知己の無い世の中に、地獄で遇つた佛のやうなこの手紙は、ありがたいものには相違ないのに、私の返事は冷然として不親切を極め、わが輩の歌は、

万巻の書を読まず千里の道を行かざるものに、わかるわけがない、わからぬものは勉強すべし、とこんな風に、にべもないものであつた。

この大きな矛盾をどのやうに理解すべきであるのか。卑見によれば、それは吉野秀雄が二十年にわたつて歌人としての修練を積み、遂には「ひたむきな、清潔な、強い感情に引き締つた、上品な、しかも自由で強靭な表現」を完成させたことを強調し、師會津八一の歌に何一つ似たところがない独往の姿を見せるやうになつたことを強調するために設けた伏線、文学的虚構であつた。昭和二十二年三月の執筆である。なほ、この虚構には下敷きがあつたやうである。會津八一は南画を愛好し南画家を敬愛し、またその画論を愛読してゐた。そこで田能村竹田の画論『山中人饒舌』も會津八一の愛読書だつたのである。すなはちその上巻に、

董玄宰曰く、万巻の書を読まず、万里の路を行かずして、画祖とならんと欲するも、其れ得べけんや。噫《ああ》近世絶えて斯の人無し。筆墨の前古に及ばざ

るは、固《もと》より異とするに足らざる也。

と言ふ。會津八一はこの表現に感銘を受け、それを「友人吉野秀雄」に用ゐて、「冷然として不親切」な虚構の態度を構成したのであらう。その年大正十五年、療養中の吉野秀雄のもとに、會津八一から百万塔画讃が届けられた。そこには吉野秀雄の愛誦歌、『南京新唱』の末尾に見える秀歌の墨蹟があつたのである。

あをによし　ならやまこえて　さかるとも
ゆめにしみえこ　わかくさのやま

これは吉野秀雄にとつては、なによりの病気見舞だつたのであらうが、未だ見ぬ青年吉野秀雄の将来に開花すべき資質を見抜いてゐた會津八一の眼が、そこには光つてゐたかと思はれる。

二

會津八一と吉野秀雄との紙上の出会ひは、前述のやうに大正十五年（一九二六）四月のことであった。その後、吉野秀雄が私家版の歌集『天井凝視』を出して、會津八一の批正を乞ふこともあったが、やがて時が移って昭和八年（一九三三）に及び、やうやく初対面の機会がおとづれた。時に會津八一は五十三歳、吉野秀雄は三十二歳であった。その年十一月某日、吉野秀雄は大船駅頭に會津八一を出迎へ、鎌倉郡深沢村笛田（いま鎌倉市内）にある山内義雄宅に同道した。山内方で

先生の揮毫を手伝って墨をすったものの、「君のすり方は逆だ。陸ですりあげた濃汁を海へためるべきで、海へ水を入れて、これを陸へ引きあげてすり、また海へ押しやってはならぬ」と叱られぞめにあづかり、そのかはり、

この日扁額用の「幽賞」の二大字をもらつた。（吉野秀雄稿、「蒲原」詩歌特輯号による）

これを叱られぞめとして、その後の二十年余にわたり、吉野秀雄は會津八一から幾たびも叱られ、幾たびも破門絶交を宣告されることになるが、それでも常に非はわが身にあると思ひ定めて、ひたすらに謹慎した。たとへば昭和二十六年九月十一日付の書簡には

　このたびは愚劣な拙文お目をけがし奉り雷撃のごとくお叱りを蒙りましたがその御慈愛の深さ何とかしてわたくし如き者をも曲りなりにも一人前にしてやらうとのお気持の尊さ今更の如く総身全魂に沁みわたりました。

と述べ、のちに「この時も、おわびの相叶ふまでに一年半もかかつたかと覚えてゐる」と言ふ。會津八一の指導は厳格をきはめ、その批判もまた強烈をきはめてゐたので、それを怨み、それに反感を抱いて去る者が多く、なかには會津八一の

説を迷妄であるとして譏る者もあつた。しかし、吉野秀雄は「押しかけ女房」ならぬ「押しかけ弟子」であつた。どのやうなことがあつても、會津八一にくらひついて離れなかつたのである。會津八一は吉野秀雄の歌に一度も添削をしたことがなく、一度も批評したことがないと言つてゐる。吉野秀雄が上等の判紙に清書し「どうぞお叱りを」と言つて恭しく差出した詠草を、ろくろく目も通さずに、畳にこぼれた番茶を押し拭つて、そのまま紙屑籠に投げ込んでしまつたこともある。これは吉野秀雄が先師に寄せる思慕をあらはにして、筆者に語つてくれたことである。會津八一は吉野秀雄に期待するところ大きく、吉野秀雄が歌人として立派に成長し、独往独歩する日を待ち望みながら、すぐれた歌人としてのあるべき姿を教へようとしたのであらう。吉野秀雄の名文『寒蟬集』後記（昭和二十二年）は次のやうに言ふ。

大正十四年、會津八一先生の『南京新唱』を手にして愛誦措くこと能はず、やがて機因熟して秋艸堂の門扉に門人として出入するに至り、親しく提撕《ていせい》を受くること、いまは二十年にも及んだ。先生、数ならぬ自分に慈愛限なく、策励叱咤を加へてひたすら孤高の詩心を打成すべきことを訓へたまひ、軽軽しく詠草を江湖に示すなどのことを快からずとする風があられたので、自分は身をひそめて実作に専念し（中略）しかるに、一昨年の春、富士山の歌十数首の叱正を乞うた折、先生は例になくこれを賞讃したまひ、ここにはじめて歌よみの一人として公然世に立ち向ふことを許されたのである。永年の鉗鎚《けんつい》に酬いることができたこの時の自分のよろこびこそいかばかりであつたらうか。

また『自註寒蟬集』にも、昭和二十年二月十七日に會津八一から受けた書簡を引きながら次のやうに述べてゐる。

會津先生来信。余の富士の歌ほめ下されたり。「御作『富士』拝見致候と

ころ　いづれも勁く深く高く感心いたし候　いかにも貴下らしき特別の調子もよろしく候」

そして間もなく、諸新聞雑誌へ掲載を命じられたのである。つまりこれを禪僧の修業でいへば第一関透過の印可に擬へても必ずしも比倫を失するものではなからうと思ふ。その後わたしはどこへでも自由に作品を発表するやうになつた。

その年、小林秀雄が編集した雑誌「創元」の創刊号が出るに及んで、會津八一はそこに歌人吉野秀雄の二十年の苦節に耐へた英姿を見て泣いた。それはまた、久しく吉野秀雄に寄せてきた期待が遂に実現したことを喜ぶ涙でもあつたのであらう。

私は、つひ最近に出た「創元」の創刊号で、四号字で盛り上げられた壱百余首の吉野さんの歌を、声をあげて朗読してみたが、感激のために、何度も声を呑んで、涙を押し拭つた。（會津八一「友人吉野秀雄」）

ここに吉野秀雄「富士」から三首を抄出してこの項を閉ぢる。

我命《わぎのち》をおしかたむけて二月朔日朝明《ついたちあさけ》の富士に相対《あひむか》ふかも
きさらぎの浅葱《あさぎ》の空に白雲を天垂《あまた》らしたり富士の高嶺《たかね》は
この岡の梅よはや咲け真向ひに神《かむ》さびそそる富士の挿頭《かざし》に

三

かうして第一関透過を果した吉野秀雄は、たちまち目ざましい活躍を見せるやうになつた。この年、昭和二十二年（一九四七）には『鹿鳴集歌解』を創元社から出し、歌集『寒蟬集』を創元社から出し、また歌集『早梅集』を四季書房から出した。昭和二十七年には日本古典全書『良寛歌集』を出し、翌二十八年には『短歌とは何か』を至文堂から出したのである。しかし、會津八一は昭和二十年三月の東京大空襲によつて無一物の身となり、故郷新潟において晩年を送ることになつたのであつて、ふたたび東京の生活に戻ることはなかつた。すなはち、昭和二十年代における吉野秀雄の大活躍を、會津八一は遠く新潟から見守つてゐたのである。その間、吉野秀雄が會津八一をたづねることもあり（たとへば昭和二十三年十月、昭和二十五年六月）、會津八一が上京して吉野秀雄に会ふこともあつて（たとへば昭和二十五年十二月、昭和二十八年二月）親交が続き、両者の間を多数の書簡が往復してゐる。

その親交は、會津八一の絶交破門の宣告によつて断絶することがあり、そこに前述のやうな大断絶をも含みながら、次第に終局に近づいてゐた。昭和三十年一月三十一日付を以て吉野秀雄から會津八一に宛てたはがきに

先生のお叱りをいたゞきますと私は身も世もございません

とあつて、會津八一に寄せた敬慕傾倒の情が三十余年を一貫してゐたことを知る

のである。これに應へるかのやうに、死期が近いことを感知したかのやうに、その年の秋十月、會津八一は吉野秀雄に宛てて

思へば久しく御懇親をいただきしことにて候　その間にこちらより何一つ貢献いたしたることもなく　顧みて恥入るのみにて候

と言つた。これは決して通り一遍の挨拶ではなく、會津八一の真実の声であつたと思ふ。この一言に接した吉野秀雄は、必ずやふかい感慨に沈んだはずである。

一方、昭和二十年代の會津八一もすぐれた業績を次々に示した。昭和二十年に歌集『山鳩』、昭和二十二年に歌集『寒燈集』、書画図録『遊神帖』、昭和二十六年『會津八一全歌集』、昭和二十八年『自註鹿鳴集』、昭和二十九年『春日野』(杉本健吉と共著)などを世に送つたのである。『寒燈集』を出したのちは書作に専念して円熟の境地を示し、歌作は五十首にすぎないのであるが、最晩年の作「八栗寺鐘銘」は最後の文人會津八一の最後のきらめきを見せて、みごとである。

五剣山八栗寺の　鐘は戰時供出し
空しく十餘年を　經たり今ここに
昭和卅年十一月　龍瑞僧正新に之
を鑄むとし余に　歌を索む乃ち一
首を詠じて之を　聖觀世音菩薩の
寶前に捧ぐその　歌に曰く
わたつみの　そこゆくうをの
ひれにさへ　ひひけこのかね
のりのみために　秋艸道人

これは序に言ふやうに昭和三十年十一月のことであつたが、その鐘が完成した
のは二年の後であり、會津八一は昭和三十一年十一月に他界して、その鐘の音を

聴くことはなかつたのである。

四

昭和三十一年に入ると、會津吉野両者の交信は絶え絶えになつた。この年の交信も例年のやうに年賀状の交換に始まつたが、その後に會津八一から吉野秀雄に宛てた信書は、二月十九日付のはがきと四月二十六日付の絵はがき、この二枚が残つてゐるにすぎない。吉野秀雄から會津八一に宛てた信書も数少く、二月二十二日付のはがき、四月二十八日付のはがき、八月六日付のはがき（暑中見舞）、この三枚が残つてゐるにすぎないのである。

かくて、會津八一と吉野秀雄との別離の時が迫つた。その年十一月十九日、會津八一危篤といふ電話を受けた吉野秀雄は、病軀を押して鎌倉から驅けつけ、會津八一の枕頭に侍した。しかし、會津八一はすでに昏睡状態にあり、吉野の到来を認識することはなかつたのである。このとき吉野秀雄は會津八一の吉野に対する遺言を會津蘭子から聞くことができた。それについて、

先生のお気持といふものは「吉野の阿呆よ、しつかりやれ」と、励まして下さつてゐるのに違ひありません。わたしはさう思つて、涙をこぼしたのでした。

と述べてゐる。吉野秀雄は會津八一から「一々見舞ひはうるさい、死ぬ前には知らせて別れを告げるから、それまでは来るな」と言ひわたされてゐたのである。しかし、會津八一はこの約に背いた。そのことを吉野秀雄は葬儀の日に追懐して、

この際だけは先生の意に反してもお見舞ひ申して最後の叱嘖を一身に蒙りたかつたと、残念にも悲しくも思ふ。

と言つてゐる。

會津八一はその十一月二十一日の夜、新潟医科大学病院において冠状動脈硬化症により永眠した。享年七十六。遺体は二十三日に荼毘に附された。吉野秀雄に挽歌、佳作十一首あり、その三首をここに掲げておく。

五尺大のボムベ押し立て酸素ガス吐き吸ふ君となり給ひしか

轟轟と飛砂防止林鳴るなべに君がうつせ身火に融けたまふ

万代《ばんだい》の橋より夜半の水の面《も》に涙おとしてわが去らむとす

師會津八一を失った吉野秀雄の活躍は、それ以前にも変らずに盛大であった。昭和三十二年（一九五七）に『良寛和尚の人と歌』を出し、翌年には『吉野秀雄歌集』を出し、担当した『會津八一全集』第四巻（短歌）を出し、またその翌年には、担当した『會津八一全集』第五巻（短歌）を出し、五味智英のＮＨＫテレビ万葉集講座に出演し、『吉野秀雄歌集』について読売文学賞を受けた。昭和三十六年（一九六一）には山本健吉のＮＨＫテレビ日本の文学「會津八一」に出演した。昭和四十一年『やわらかな心』、昭和四十二年『心のふるさと』、この二著により第一回迢空賞を受け、歿後の昭和四十三年四月には藝術選賞を受けた。
かうした活躍の原動力となつたものは、やはり先師會津八一だつたのである。すなはち「先生別号を獅子宮人と称ふ。蓋しその誕生日八月一日は、星占ひによるに、獅子星座の支配する期間に当ればなり」といふ詞書のもとに三首あり、その第三首に言ふ。
いまよりは天《あめ》の獅子座のかがやきを大人《うし》のまなこと観つつ励まむ
吉野秀雄はこれを『吉野秀雄歌集』の末尾に置き、その後記において、師の他界を一つの区切りとし、この出版を一段落として、さらに新しい門出に就かうとしてゐる、と言ひ放つた。さうして、それを実行に移したのである。まことにみごとと言ふほかはない。その精進の日々に、吉野秀雄は常に會津八一と共にあつた。

お形見の帯を朝朝まく時にわれは諸手にいただきて巻く

述べきたつてここに到るや、筆者は嘆息して、この稀有の、空前絶後とも言ふべき師弟を讃仰するのである。

吉野秀雄は昭和四十二年七月十三日正午、心臓喘息により鎌倉市小町の自宅において永眠した。夫人とみ子の挨拶状には

生前ご交誼を賜りました皆さまに心から感謝し　六十五年間の生涯にたいへん満足して逝きましたことを申し添えます

と見えてゐる。翌年、一周忌にあたり、その郷里の公園に歌碑が建てられた。歌は『晴陰集』所載の「白木蓮」三首の第一首、詞書に「郷里高崎公園地内に天然記念物指定の巨樹あり」とある。

白木蓮《はくれん》の花の千万《せんまん》青空に白さ刻みてしづもりにけり

いま筆者の手もとには雑誌「短歌」の昭和四十二年十月号、吉野秀雄追悼特集が

ある。まことに得がたい一冊で、二十余人の追悼文を載せてゐる。なかに松下英麿「會津八一と吉野秀雄」があつて、會津八一の豊麗優雅な歌風と吉野秀雄の簡率雄偉な歌風とを対比してゐる。また宮川寅雄「吉野秀雄のこと」には、吉野秀雄の歌にも書にも「すすり泣きと野性の咆哮とが、かわるがわる聞えてくる。それはそのまま、かれの人であった」と述べてゐる。安立スハルの挽歌五十首も見える。

（會津八一記念館図録）

繁簡よろしきを得ないままに所与の紙数に及んでしまつた。また本稿においては敬称を省いた。併せておゆるしを乞ふ次第である。

第二章　山中高歌

吉野秀雄には名著『鹿鳴集歌解』がある。その内容とするところは、『鹿鳴集』の歌三百七十一首のうちの、左記百九十七首に加へられた評釈である。

南京新唱　九十八首
南京余唱　四十二首
南京続唱　十四首
比叡山　十二首
観佛三昧　二十八首

旅愁（抄）　三首〜極めて簡略〜

右の「南京新唱　九十八首」について言へば、

いたづき　の　まくら　に　さめし　ゆめ　の　ごと　かべゐ　の　ほとけ
うすれ　ゆく　はや

この歌は大正十三年刊の『南京新唱』に見えず、昭和十五年刊の『鹿鳴集』にも見えず、昭和二十六年刊の『會津八一全歌集』に至つてはじめて登場した歌である。すなはち吉野秀雄『鹿鳴集歌解』が執筆された昭和二十一年当時には、「南京新唱」九十九首は、この歌を欠く九十八首だつたのである。

本書は『鹿鳴集歌解』と重複することを避けて、秋艸道人會津八一（以下「道人」と呼ぶことが多い）の『鹿鳴集』における旅の歌百首に加へた評釈を主体としてゐる。まづは「山中高歌」十首にとりかかる。

みすずかる　しなの　の　はて　の　むらやま　の　みね　ふき　わたる
みなつき　の　かぜ

この歌は『鹿鳴集』所載「山中高歌」十首の第一首である。第一句「みすずかる」は信濃にかかる枕詞として知られ、作者の自註にもそのやうに見える。これは万葉集巻二の歌（九六・九七）に「水薦苅」「三薦苅」として信濃にかかる語となつてゐる。それを荷田信名、賀茂真淵などがミスズカルと訓んで以来、ひろく世に迎へられた。しかし、現在の万葉学界はミスズカルを承認せず、ミコモカルを正統とする。道人はこれを音調よろしき詩語として愛好したらしく、それはまたそれとして承認されるべきことであらう。後掲の「旅愁」第六首にも

みすずかる　しなの　の　はて　の　くらき　よ　を　ほとけ　います　と
もゆる　ともしび

と詠じてゐる。

さて、道人の「山中高歌」十首を生み出したところは山田温泉であつた。そこは信濃国長野県の北東の端にあたる渓間であり、その出で湯の谷をとりかこむ山々が「しなののはてのむらやま」である。道人は憂愁の身を湯に浸して、むらやまの峰を吹きわたる風に耳を傾け、空をゆく雲に目を注いでゐた。そこには、現世に漂ふ人の狭い心とは違つて、あくまでもひろい空の風景があつたのである。

むらやまの峰をかすめて水無月の風が吹きとほるさはやかさは、みごとにこの一首に結晶した。流れるやうに「の」音が重なり、頭韻「み」がよく響いてゐる。雲を主題とした「山中高歌」十首の序歌は、かくて十分にその舞台を設定したのである。

昭和四十五年には秋艸道人會津八一の歌碑が一挙に五基も建立された。そのうちの一基が長野県上高井郡高山村山田温泉の旅館風景館にある。

大正七年、道人は恩師坪内逍遙から早稲田中学教頭の職を委任され、力を尽して事に当つた。すぐれた教育者としての当時の道人の姿は、小笠原忠『鳩―教育者會津八一の人間像―』、鶴田潔『會津八一先生の思い出』などにも明らかである。然るに、道人は教頭の職を四年にして辞した。その主因は、人間形成を主眼とする道人の教育方針と、数学の教員某を中心とする一派の進学第一主義との対立にあつたらしい。道人は怒り、悩み、体調を崩していつた。その間、道人は俗塵を逃れて、ひとり信州の山田温泉に赴いた。ときに大正十年六月の下旬であり『南京新唱』に収められた「山中高歌」十首はこのときに成つたのである。ただしその時期を『會津八一全歌集』、旧版『會津八一全集』などが大正九年五月とし、『自註鹿鳴集』に「作者がこの温泉に遊びしは新暦五月なり」と述べてゐることは、諸註と相違して不審である。『會津八一全集』所載の年譜によれば、大正十年の項に「六月末より七月上旬、信州山田温泉へ行く」と見える。この年、道人は四十一歳であつた。

この十首には六朝梁の人陶弘景の故事をふまえた序——山田温泉は長野県豊野駅の東四里の渓間にあり山色浄潔にして嶺上の白雲も以て餐《くら》ふべきをおもはしむかつて憂患を懐《いだ》きて此所《ここ》に来り遊ぶこと五六日にして帰れり爾来潭声のなほ耳にあるを覚ゆ——があり、その第二首が歌碑に刻まれたのであつた。

かぎり なき みそら の はて を ゆく くも の いかに かなしき
こころ なる らむ

際限もなくひろがる大空のはてを、一片の孤雲が漂流する。その孤雲にもし心あらば、それはいかにかなしい心であらうか、と言ふ。天空を仰げば、わが住む人界の妄執の如きは、忽ちに雲散霧消すべき瑣末事にすぎない。しかも、いまその瑣末事に疲れて憂患は胸に満ち、孤独寂寥の思ひを深くしてゐる。ちぎれ雲が漂ふ蒼穹の様は、即ち作者心象の風景でもあつた。下句の三四三四の調べも、歌意が示す不安感にふさはしく思はれる。

当年四十一歳の道人が憂愁の身を投じた宿が風景館であり、先々代の館主関谷巨十郎、先代の館主関谷小四郎が道人に寄せた敬慕は、形象化してこの歌碑となつた。その台石は、道人が腰かけたこともあるはずの庭石である。碑陰には前記の序が刻まれ、碑面には題詞「さるころしなののくににてよめるうた」も刻まれてゐる。刻は戸谷喜一により、昭和四十五年七月十一日に除幕された。

道人の序に見える「嶺上の白雲」は、自註に示されたやうに、六朝梁時代（五〇二〜五五七）の人、陶弘景の詩句を典拠とする。この人は博学を以て知られ、医術にも通じてゐたといふ。この陶弘景の著書『本草集注』の名は、藤原宮跡から出土した木簡に見えてゐる。大宝三年（七〇三）の木簡と推定されてゐるので、第六次遣唐使による舶来かと考えられる。八世紀の医学生たちは、これを必修教科書として勉強したのである。

おしなべて　さぎり　こめたる　おほぞら　に　なほ　たち　のぼる　あかつき　の　くも

一面に霧がたちこめてゐる大空にその霧を押しわけるやうにして雲が立ちのぼる。初夏の朝空の壮大な景観を描いた歌で、そのさはやかな、暢びやかな調べに注目しなければなるまい。この立ちのぼつて止まない「あかつきのくも」は、第六首における「くものまはしら」と響き合ふのであり、朝日を浴びて輝くばかりの生命感を湛へてゐると思ふ。またこの歌には自然界の広さと力強さがあり、そこに自己の願望が投影されてゐるかとも思はれる。立ちのぼつて止まない雲の如きわが理想が突きぬけるべきものは、一面に立ちこめた霧の如きわが憂患なのであつた。

あさあけ　の　をのへ　を　いでし　しらくも　の　いづれ　の　そら　に
くれ　はて　に　けむ

第三首が早朝の歌であつたのに対し、この第四首は夕暮の歌である。
峡谷の空に暮色が迫つて、その空にはもはや白雲の姿を見ることができなくなつてゐた。明方の空には、峰を離れて漂ふ白雲が見えて、道人の目を慰めるかのやうに輝いてゐたものを、あの白雲はいま暮色に包まれた空のいづこに消えはてたのであらうか、と言ふのである。ひとたびは中学校教育の理想に燃えたわが心ではあつたが、それもたちまちに夕闇のやうな校内の紛争にかき消されようとしてゐる。その暗転の様を白雲の去来に託したのでもあらうか。この「山中高歌」十首には、第二首から第六首までに、さらに第八首に雲が詠まれてゐて、全体として雲を主題とするかに見える。

くも　ひとつ　みね　に　たぐひて　ゆ　の　むら　の　はるる　ひま　な
き　わが　こころ　かな

これが「山中高歌」の第五首である。道人はこの歌に自註して「たぐひ」には「そふ。ともなふ。傍を離れざる」とし「ゆのむら」には「いでゆのむら。温泉の村」とする。これで歌意はほぼ明らかであらうが、ここでは第三句までが中世の歌論に言ふところの有心序（うしんじよ、意味を持つ序詞）であつて、それが第四句以下を導きながら、その背景を描いてゐるのである。すなはち、湯の村が晴れるひまもなく曇つてゐるやうに、はれるひまもないわが心であるよ、と言ふ。湯の村を曇らせる大きな雲は「みねにたぐひて」、第二首以下の動く雲とは対照的な、動かざる雲なのであつた。

いにしへ　の　ヘラス　の　くにの　おほがみ　を　あふぐ　が　ごとき
くも　の　まはしら

秋艸道人は明治三十九年（一九〇六）七月、早稲田大学文学科を卒業するにあたり、卒業論文「キーツの研究」を提出した。道人の関心を集めたキーツ（John Keats, 1795〜1821）は夭折したが、ロマン派のすぐれた詩人で、後代の詩人に大きな影響を与へたとされる。その作品にはヨーロッパ文明の源泉たるギリシアに寄せる思ひが深く、代表作の一つ「ギリシア古甕の賦」は、それを端的に物語つてゐる。その影響によつてか秋艸道人も年と共にギリシアに傾倒し、大正七年（一九一八）には早稲田大学においてキーツ詩集、ギリシア詩歌集を講じ、大正九年に及んで日本希臘学会を設立してその会長となつた。道人が信州山田温泉において「山中高歌」十首を詠じたのは、まさにその翌年のことであり、そこに「ヘラスのくに」すなはちギリシアが現れたことは、決して唐突ではなかつたのである。道人の自註には「この山中にて見たる白雲の柱は、上代のさる神像の如しといふなり」と見え、特定の神像の名を示してゐないのであるが、たとへばギリシア神話の主神ゼウスの像、海神ポセイドンの像などが念頭にあつたのであらうか。

また「くものまはしら」について言へば、ひたすらに高くたちのぼる入道雲を形容する表現として適切な詩語であるが、それはヘブライの神話にかかはる表現

かとも思はれる。すなはち旧約聖書「出エジプト記」においては、雲の柱は神ヱホバの象徴として極めて印象的であり、

○暁にヱホバ火と雲との柱の中よりエジプト人の軍勢を望み、（第十四章）

○モーセ幕屋に入れば、雲の柱くだりて幕屋の門口に立つ。而してヱホバ、モーセにものいひたまふ。（第三十三章）

○雲幕屋の上より昇る時には、イスラエルの子孫途に進めり。其途々凡て然り。されど雲の昇らざる時には、その昇る日まで途に進むことをせざりき。即ち昼は幕屋の上にヱホバの雲あり、夜はその中に火あり。イスラエルの家の者皆これを見る。その途々すべて然り。（第四十章）

などと書かれて、モーセに率られたイスラエルの民が苦難の旅を続けてゐるときに、神ヱホバは昼は雲の柱により、夜は火の柱によつて、イスラエルの民を導いたといふ。その壮大な幻想的景観は、ヘラスの大神と結びついた會津八一の「く

ものまはしら」との間に、一脈相かよふ趣があるやうである。
なほ、助動詞「ごとし」を第四句に置くことについては、小著『秋艸道人の歌』五七ページを参照されたい。道人にはその例が多い。

あをぞら の ひる の うつつに あらはれて われ に こたへよ い
にしへ の かみ

渓谷の上の青い空に昼の太陽が照りわたり、その現実の空を白い雲が立ちのぼつて、古代ギリシアの神像を仰ぐかのやうに見えてゐる。わが憂患を拭ひ去るべき方途を示してくれる人もないままに空を仰いで、そこに神の啓示を求めるほかはなかつたのであらう。この歌には雲といふ語を見ないのであるが、その「いにしへのかみ」には前歌の「ヘラスの国の大神」がよく響いてゐて、雲の姿がたちまちに大神の姿に変り、天上から語りかけてくるやうな印象を覚えしめる。みごとな「憂患の歌」と言ふべく、そこに萎縮の影を見ることはできない。あ音の頭韻あり。

かぜ　の　むた　そら　に　みだるる　しらくも　を　そこ　に　ふみ　つつ　あさかは　わたる

これは「山中高歌」の第八首である。道人が「あさかは」に自註して「朝の川」と言ふやうに、朝といふ時間帯における川の意で、夕方になればその同じ川が「ゆふかは」となるのである。風景館のかたはらの深い渓谷を川が流れてゐる。白雲が風に乱れつつ去来しては清流に影をうつす。道人の足は、水底の空に乱れるその白雲を踏んで、朝の川を渡るのであつた。寂寥の感と清爽の感とが一体となつた歌境である。

この「あさかは」を渡ることは、すでに万葉集に見え、人麻呂の長歌には、

……百磯城《ももしき》の　大宮人は　船並めて　朝川渡り　舟競《ふなきほ》ひ　夕河渡る……

（巻一・三六）

とあり、大伴坂上郎女の長歌には

……草枕　旅なるほとに　佐保川を　朝川わたり　春日野を　背向《そがひ》に見つつ

あしひきの　山辺をさして……

（巻三・四六〇）

と言ふが、就中、但島皇女の短歌一首

人言を繁みこちたみ己《おの》が世にいまだ渡らぬ朝川渡る

（巻二・一一六）

この一首が秋艸道人の念頭にあつたものと考へられる。但馬皇女は胸に悲傷を湛へつつ、大和の朝川を渡つた。それを道人は信濃の朝川に移したのである。背後の事情を異にするとはいへども、憂愁の影は両者に共通して、但馬皇女の楚々た

る足もとにも、秋艸道人のたくましい足もとにも、朝川の水は小さく渦巻いてゐたのであらう。

たにがは の そこ の さざれに わが うま の ひづめ も あをく さす ひかげ かな

この歌に雲は見えないが、さはやかな印象が強いことは前歌と共通してゐる。馬に乗って谷川を渡るときに、川底のさざれ、すなはち小石を踏む馬のひづめは、青空を映して澄む水のなかにあり、その青に染まるかのやうに陽光を浴びてゐるのであった。

この馬を現実の馬ではあるまいといふ解釈もあらうか。思へば、乗馬に寄せる道人の関心は、このころから深くなって行ったやうで、三年後の大正十三年の夏には、市ヶ谷の陸軍士官学校において馬術を練習し、さらにその翌年の早春には、聖徳太子が斑鳩宮から小墾田宮までを毎日馬に乗つて往復したといふ伝説の跡を体験するために、乗馬靴を穿いて旅に出た。これについては『渾齋随筆』の「乗馬靴」を参照されたい。また、同年八月には千葉県館山湾における軍隊の水馬演習に参加してゐるので、同じく千葉県習志野の騎兵連隊に乗馬の練習に赴いたころの歌（後掲「旅愁」参照）も、おそらく同年の作なのであらう。

かうしてみると、大正十年の山田温泉において、道人の乗馬に寄せる意欲が芽生えて、風景館から馬を借りたと考へても不自然ではない。しかし、それも推定の域を出るものではあるまい。この歌における「青きひづめ」は、道人における幻想の産であつたかもしれないのである。この第四句「ひづめもあをく」は紛れもなき詩語であると思ふ。

かみつけ　の　しらね　の　たに　に　きえ　のこる　ゆき　ふみ　わけて
つみし　たかむな

これが「山中高歌」の末尾、第十首である。自註にも言ふやうに「たかむな」は竹の子であり、それを白根の谷に消え残る雪を踏みわけて摘んだ、そのことを回想する趣の歌である。白根山は群馬県に属して長野県との境にあり、自註に「山田より背後の山を越ゆれば、白根は遠からず」と言ふ。しかし、その山越えは容易なことではなかつたはずで、このときの道人が実際に白根の谷の残雪を踏んだとは考へにくいことである。おそらくは風景館の食膳に供された筍に触発されて、白根の残雪の中に伸びようとする筍の、その清新な風趣を一首の歌に詠じたのであらう。かうして、道人の思ひは信濃を離れて上野に移つた。そこに一連十首の結びとしての巧みな離脱の歌が生れたのである。

さて、道人は「かみつけ」に自註して「上野国」としてゐる。この上野をカミツケと訓む理由は、一般にはよく知られてゐないやうなので、ここにその概略を述べておきたい。

すでに上代において内政が整備されてくると、地方行政の単位としてはあまり広い地域は好ましくないやうになつてきた。そこでその広い地域を二分し、たとへば総（ふさ）の国を二分して上総（かみつふさ）、下総（しもつふさ）とし、あるいはその広い地域を三分し、たとへば吉備（きび）の国を備前（きびのみちのくち）備中（きびのみちのなか）備後（きぎのみちのしり）としたのである。その分割後の名は中央（大和）からの交通路（舟行を含む）によるのであり、中央に近い方から順に上下、前中後などと名づけた。

古代の北関東、いまの栃木県、群馬県にあたる広い地域は、毛野（けの）の国と呼ばれてゐたが、それが二分されて上毛野（かみつけの）下毛野（しもつけの）

となつた。ところが、元明天皇和銅六年（七一三）の勅命によつて、国名を二字によつて表記すべきことになり、三字の国名はその訓を残したまま二字の表記となつたこと、前述の吉備がその例である。毛野もまた同様に上毛野はその訓「かみつけの」を残したままで上野と表記され、下毛野もその訓「しもつけの」を残したままで下野と表記されるやうになつた。さらに後世に及び、その訓における「の」が脱落し、上野は「かみつけ」のちに訛つて「こうづけ」、下野は「しもつけ」と訓まれるに至つた。

第三章　放浪唫草

大正十年（一九二一）といふ年は秋艸道人會津八一にとつてはまさに旅に明け暮れた年であり、その生涯において特筆すべき年であつた。前年末からこの年にかけて、斑鳩、当麻、奈良を巡つて五日に帰京した。三月、坪内逍遥を熱海の雙柿舎にたづね、五月、横浜の三溪園に遊び、六月末から七月にかけて信州山田温泉風景館泊、そこに「山中高歌」十首を得た。八月には奈良、斑鳩、飛鳥、室生を巡り、十月、房州勝浦に静養したが、十九日の夜には東京を出発し、伊勢、笠置を経て奈良に到つた。このときはじめて日吉館泊、奈良、斑鳩、西の京、瀧坂、河内などを巡つて二十九日帰京、十一月十六日またも東京を発し、年末に大阪に帰着するまでの大旅行、西海道の旅路に就いたのである。その十八日の夕刻、道人は大阪の港から門司へ行く船に乗つた。その船の名は天龍丸とされてきたのであるが、近年に及び原田清氏の考証によつて、天龍川丸であることが明らかになつた。

をちこち　に　いたがね　ならす　かはぐち　の　あき　の　ゆふべを　ふ
ね　は　いで　ゆく

道人は「いたがねならす」に自註して「鉄板を打ち鳴らす音なり。鉄工場か造船所にてもありしならむ」といふ。乾いて高い金属音があちらこちらから響いてくる。その音にせき立てられるかのやうに、安治川の河口の港を、船はいましも出てゆくのだ、この秋の夕方にわたしの船の旅が始まつたのだ。こんな思ひを詠んでゐるのであらう。原田清氏『私説會津八一』によれば、道人を乗せた天龍川丸は、定刻午後五時に大阪港を発し、神戸、小豆島の坂手、高松、多度津を経て、翌十九日午前七時四十分に鞆、九時二十分に尾道に着くのである。

詞書に「大阪の港にて」とあり、これを序歌として六十三首の大歌群「放浪唫草」が姿を見せる。時に大正十年十一月十八日の午後五時、すでに夕闇が天龍川丸を包みはじめ、船室の窓には雨の粒が流れてゐた。

わたつみ　の　みそら　おし　わけ　のぼる　ひ　に　ただれて　あかし
あめ　の　たなぐも

瀬戸内海の朝、前夜の雨がはれて太陽が海上の空を押し分けるかのやうに昇つてきた趣である。その海上の空に横たはる雲は、陽光を浴びて血の色に染まるばかりの見事な朝焼けの雲だつたのであらう。この表現はひろやかに明るく、しかも重量感を失つてゐない。「たなぐも」は空一面にわたる雲であるが、道人の自註には「棚の如く平らかに層をなして靡ける雲」としてゐる。

詞書に「瀬戸内海の船中にて」とあり、次に「鞆の津にて」二首があるので、天龍川丸が午前七時四十分に鞆に到着するまでの大景を詠んだ歌のやうに見える。しかし、原田清氏の考証によつて、事実は翌二十日の早朝、門司における作かと考へられる。「放浪唫草」の構成は必ずしも時間的順序によるのではなく、そこには「放浪唫草」を一篇の文学作品として構成しようとする道人の強い意図がはたらいてゐると見なければなるまい。第四句「あかし」を『自註鹿鳴集』で「あかき」に改めた。

きてき　して　ふね　は　ちかづく　とものつ　の　あした　の　きし　に
あかき　はた　たつ

広島県の東端福山市に属する鞆の津は、専ら鯛網によつて知られてゐるが、古くは大宰府往還の船旅における寄港地であり、遣唐使、遣新羅使、さらには朝鮮通信使などが潮待ちをする重要な港であつた。それは近代の大正時代の内海航路においても同様だつたのである。

汽笛を鳴らしながら、船はゆるやかに鞆港に入つてゆく。その岸辺には赤い幟が何本も立つてゐて、海の朝風にはためいてゐたのであらう。それは放浪の旅人を慰めて、海の青に映発してゐたし、また、港の背後につらなる山の緑も目に親しく、そこにこだまする汽笛は、道人の旅情を一段と深くしてゐたはずである。

次の歌に見える「しろきあひる」をも併せて、この「鞆の津にて」と題する二首には、ゆたかな色彩感を見ることができる。「汽笛」は「放浪唫草」に初出の字音語、下句に「あ」の頭韻が認められる。

ふね　はつる　あさ　の　うらわに　うちむれ　て　しろき　あひる　の
なく　ぞ　かなしき

これが「鞆の津にて」の第二首である。第三句は全歌集では「うちむれ　て」であつたが『自註鹿鳴集』において「うちむれて」に改めた。道人は「うらわ」に自註してゐるが、これについては後に述べることとして、ここでは省略する。曲線状の浦を指す語である。「かなし」の自註には「いとほし、かはゆしの義」としてゐる。

小さな港に碇泊した大きな船に近づく家鴨の、その声と色とを描き、旅愁のなかの温和な気分が表出されてゐる。前歌に音（汽笛）と色との取合せがあることは、この歌における音（家鴨の声）と色との取合せに共通して、注意してよからう。

ほばしら　の　なか　より　みゆる　いそやま　の　てら　の　もみぢば
うつろひ　に　けり

船は鞆を出て尾道に到つた。港には漁船の帆柱が林立し、その隙間のかなたに寺が見えて、境内の紅葉はすでに色褪せてゐたのである。道人は「てら」に自註して「浄土寺ならむ」と推量してゐる。尾道は山が海に迫り、その山と海との間の東西に細長い陸地に、多数の寺が並ぶなかに、やはり最も目立つ寺は、国宝の多宝塔を有する浄土寺なのであらうか。その寺の紅葉が色褪せるさまにいままさに冬に向ふわが旅を、しみじみと感得した趣である。

立体的に遠近感を表現することは短歌においては極めてむづかしいことであるが、この歌では近景の「ほばしら」と遠景の「てらのもみぢ」とが、的確な立体感を以て重ねられてゐる。練磨の賜物と言ふべきであらう。かの薬師寺東塔歌においても、「あまつをとめがころもで」と「あきのそら」とが織りなす立体感も想起される。強ひて難を言へば「もみぢば」に濁音が連続することで、ここは古代語によつて「もみちば」としてもよかつたかと思はれる。次の歌と共に詞書「尾道にて」のもとにある。

わが　すてし　バナナ　の　かは　を　ながし　ゆく　しほ　の　うねり
を　しばし　ながむる

尾道水道の「しほのうねり」に漂つて、やがて視界から消え去るバナナの皮に、道人は漂泊のわが孤影を重ねたのでもあらうか。旅をさびしむ静かな詠嘆は、「し」音の多用にも連体形で結ぶ調べにも、露頭してゐるやうに思はれる。

右の「尾道にて」二首は十九日の作であるが、問題はそれに続く宮島の歌七首の配列であらう。そこにはまづ「厳島にて」と題する二首があり、次に第三首以下五首の題に「ふたたび厳島を過ぎて」とあつて、以下に述べるやうに、この宮島の歌七首がすぐさま一括して鑑賞すべき作品ではないこと、前の二首は十九日夜の作であるが、後の五首は年末の作、この放浪の旅の綽尾を飾る作であることを知る。すなはち、前の二首は十一月十九日の遠景であり、後の五首は十二月二十七日の近景であつて、両者を分つ語「ふたたび」に注意しなければならない。

そこで、まづ「厳島にて」と題する二首について考へる。

秋艸道人を乗せた天龍川丸は、大正十年（一九二一）十一月十九日の夜、広島に寄港してから西行し、広島県本土と厳島との間を通りすぎようとしてゐた。世にも名高い厳島すなはち宮島が近づくにつれて、船内の人々はその島に視線を集めるのである。

みやじま　と　ひと　の　ゆびさす　ともしび　を　ひだり　に　み　つつ
ふね　は　すぎ　ゆく

この歌に見える「ふね」は、道人が大阪から乗つてきた客船天龍川丸である。その左舷前方に近づく宮島には燈火点々とまたたいて、旅人會津八一を迎へてゐた。はじめて見る神の島の姿を「ともしび」によつて描いた挨拶の歌であり、そこにふさはしくも頭韻「ひ」が響いてゐる。

いま宮島に行くには山陽本線宮島口駅前から連絡船に乗る。そこで、この歌の「ふね」も宮島口からの連絡船として受取りがちであるが、さうすると連絡船は島の燈火を右に見る航路を取るので、歌の表現に調和しない。この連絡船が就航した時期については調査してゐないが、明治三十九年（一九〇六、あるいは明治三十四年か）に国鉄が山陽鉄道を買収したときには、すでに就航してゐたことが確実であるから、道人が西遊した大正十年に連絡船が運航してゐたことも確実である。しかし、前述のやうに、道人は翌朝には門司に上陸してゐるので、その前夜に宮島の連絡船を利用したはずがない。かれこれ併せ考へて、この歌の「ふね」と宮島の連絡船とは無関係である。

みぎは　より　ななめに　のぼる　ともしび　の　はてに　や　おはす　いちきしまひめ

これも前歌と同様に「ともしび」を中心とした歌である。厳島神社の本殿は、水際からゆるやかな登り道があつて、その果てに鎮座する。夜の船からはその本殿も登り道も見ることはできないのであるが、参道を照す燈火の列が神の家居の位置を知らせるのである。道人は「いちきしまひめ」に自註して、

　市杵島姫命。島名の厳島と同語源なること明かなり。田《た》心《ごころ》姫命《ひめのみこと》、湍津《たぎつ》姫命《ひめのみこと》の二柱と合祀す。

と言ふ。すでに前歌において「ともしび」による挨拶を済ませた道人は、その「ともしび」の果てるところに神を想見したのである。それは、羅《うすもの》を肩から靡かせた豊頰紅唇《ほうけふこうしん》の女神が、たをやかに立ち澄ます姿態でもあつたらうか。この島の神は、自註が示すやうに三柱の女神であるが、その出自は遠く玄界灘にあつて、それが朝廷の意志に動かされ、漂泊の旅をしてきたのであつた。

北九州、いまの福岡県北部一帯の沿海地域は、豪族宗像《むなかた》（胸形）氏が支配する

ところであり、その漁民集団の支配者宗像氏は守護神として三女神を奉祀してゐた。すなはち、沖ノ島の沖つ宮に祭る多紀理毘売命《たぎりびめ》、大島の中つ宮に祭る市杵島《いちきしま》比売命《ひめ》、九州本土の辺《へ》つ宮（いまの宗像大社）に祭る田寸津比売命《たきつひめ》である。～道人の自註とは表記を異にするが同一の三女神である～　かうしてこの三女神は、もともとも地方豪族宗像氏の守護神であり、波風荒き玄界灘を生活の場とする漁民たちの船の安全を守る神々であつた。然るに、その海域が国家的行事としての遣唐使の航路（北路）となるに及んで、宗像氏が祭る漁業の守護神から朝廷が祭る神、遣唐使北路の守護神へと変質し、昇格したのである。沖ノ島の祭祀遺跡から出土した最高級の品々（たとへば唐三彩）がそのことを実証してゐるし、沖ノ島が「海の正倉院」と呼ばれる所以でもある。

ところが、この北路は半島を統一した新羅に依存する航路であつた。新羅の領海を北上し、船に危険が迫つてきたときは、いつでも新羅の港湾に避難することができる。そこにこの航路の安全性があり、意義があつたわけである。しかし、日本と新羅との関係が冷えきつた状態になると、遣唐使の船団が新羅の保護を期待することはできなかつたし、むしろ新羅から掠奪を受けるおそれさへ生じてゐた。唐の皇帝に献上すべき多量の貴重品を載せた遣唐船は、掠奪の目標として価値が高いのであつた。そこで、朝廷は北路に見切りをつけ、あらたにほかに航路を開拓すべき必要に迫られてゐた。かうして博多湾を出てから西行し、五島列島を経て、一気に東シナ海を横断する航路によることとなつた。この航路を南路と言ふ。南路は北路にも増して危難が大きかつた。五島列島西端の福江島の北西部に美祢良久《みねらく》（平安時代には京都で「みみらく」と呼ばれてゐた。いま三井楽）といふ良港があり、ここを出ると、あとは大陸まで島影一つなき大海原がひろがつてゐるのである。このやうな大航海を守護する神があるべきであつた。南路に漂ふ遣唐船団をお守りくださいと言つて祭るべき神を求めることは、朝廷として当然のことであつた。宗像の三女神は、前述のやうに北路の守護神だつたのであるから、その北路を捨てて南路に移つた遣唐船団を守つてくれることはないはずである。三女神は居所を変へないままでは、南路の守護神たることはなかつた。

そこで、朝廷は宗像の三女神を瀬戸内海に遷座せしめようと考へたらしい。その時期は奈良に都が移された（七一〇）直後であつたと考へられる。かうして、奈良時代においては、遣唐使の船も遣新羅使の船も、内海に移された宗像の神に対する朝廷の祭祀に力づけられて、遠い外国に赴いたはずである。その朝廷の手によつて祭祀が行はれたところはどこであつたのか。それは岡山県笠岡市の神島、梶子島、大飛島であつたと推定され、玄界灘の宗像の女神たちについては、辺《へ》つ宮《みや》の田寸津比売命が神島に、中つ宮の市杵島比売命が梶子島に、沖つ宮の多紀理毘売命が大飛島に移されたことが推定されるのである。

遣唐使が廃止されると共に神島、梶子島、大飛島における三女神の祭りも終つた。その後、三女神はどのやうな足どりを見せたのであらうか。平安時代末期に至り、平清盛は唐に代つた宋との貿易といふ壮大な夢を描くにあたつて、その貿易船の航海安全を三女神による守護に期待したのであらう。安藝宮島の厳島神社は宗像の三女神を合祀し、その名は市杵島比売の名に由来してゐる。北九州の豪族宗像はその族長の娘尼子娘《あまこのいらつめ》が天武天皇の第一皇子高市皇子《たけちのみこ》の生母となつたことによつて家格が高くなり、その守護神たる三女神もまた玄界灘の海神でありながらも、内陸部大和地方に宗像神社として祭られるやうになつたのである。

道人の歌に現れた「いちきしまひめ」をはじめとする三柱の女神たちは、かうして漂泊の旅の果てに宮島にとどまることとなつた。道人の幻想はその女神の姿態を宮島の夜空に描いたわけであるが、そのときの道人自身もまた漂泊の旅人なのであつた。水際から斜めにのぼる燈火のつらなりは、あるいは裳裾をながく曳いた女神を思はせたのでもあらうか。

十一月十九日の夜に宮島の沖を過ぎて、道人は翌朝門司に上陸し、別府、耶馬渓、大雅堂（中津）、木葉村（熊本）、太宰府、観世音寺を経て、十二月二十六日には長崎から帰途に就いた。その帰途に宮島に上陸して厳島神社に参詣し、五首を詠じたのである。それが「ふたたび厳島を過ぎて」といふ題のもとにある。

うなばら　を　わが　こえ　くれば　あけぬり　の　しま　の　やしろ　に
ふれる　しらゆき

あけぬり　の　のき　の　しらゆき　さながらに　かげ　しづか　なる　わ
たつみ　の　みや

前掲の二首は謂はば「ともしび」の歌であつたが、今度の二首は「しらゆき」

の歌である。道人は長崎から夜行列車に乗り、十二月二十七日の朝に宮島口におり立ったのであらう。さうすると、連絡船によって「うなばらを」越えてきたことになる。そこで道人を迎へたものは、朱塗りの社殿に降りつもる白雪であった。青い海のほとりに映発する色彩の美を描いて、以て神の島に上陸する挨拶としたのである。その気分は無理なく第二首に続いて、ここでも朱と白と青とが織りなす色彩美により「わたつみのみや」を飾ってゐる。雪を載せた社殿の朱塗りの軒は、そのまま青い海の水にしづかな影を浸してゐたのである。浄界「わたつみのみや」の冬の朝が、みごとに描き出されてゐるし、「の　のき　の　しらゆき」と言ふところには「の」音、「き」音による微妙な諧和も認められる。

　道人は「わたつみのみや」に自註して「海神の宮」と言ふ。そもそも「わた」は海を意味する古語であり、「つ」は連体助詞、「み（甲類）」は神霊を意味する古語で「月《つく》よみ」「山つみ」などの「み」に同じである。従って「わたつみ」とは「海の神霊」であり、道人の「海神の宮」といふ自註は適切だつたのである。この「わたつみ」といふ語は、後世に及んで語形が「わだつみ」となり、海を意味する一語と意識されるやうになつた。

気候温暖の瀬戸内海において、この「しらゆき」の歌二首があることをどのやうに考へるべきであるのか。気象庁観測部統計室に保管される広島地方気象台の観測資料によれば、大正十年の晩秋は寒冷であつた。左記の表示は一九三一年から一九六〇年までの三十年間における半旬別の平均気温の平均値と大正十年の平均値との比較である。

	平均値	大正10年
10／18〜22	15.9℃	17.2℃
23〜27	15.0	15.0
28〜11／1	14.2	10.7

11／2〜6	13.5	10.6
7〜11	12.6	10.0

これによつて、大正十年は十月の末から急速に気温が下降したことがわかる。十一月八日には一分間だけであるが雪も観測されてゐるのである。この傾向は十二月にも及んだ。左記の表示は前表と同様に、一九三一年から三十年間の半旬別平均気温の平均値と大正十年の平均値との比較である。

	平年値	大正10年
12／2〜6	7.9℃	4.4℃
7〜11	7.2	8.1
12〜16	6.7	7.9
17〜21	6.5	6.3
22〜26	5.8	3.0

27〜31	5.3	5.0

これによつて、大正十年における年末の寒冷の様を知ることができる。特に注目すべきは二十二日から二十六日までの五日間の平均値が、大正十年においては三・〇度であつたことである。これを他の資料によつて見れば、道人が厳島神社に参詣する前日、十二月二十六日は、一日の平均気温が二・五度であり、その日の午前五時には〇度、午後九時には〇・六度、午後十時から翌朝にかけては〇度を切る低さであつた。このやうな気温の状況を見るならば、道人が宮島に渡つた朝は、偶然にも寒冷そのものの朝であつたことになり、その歌二首に現れた「しらゆき」は文学的虚構ではなく、まさに実景そのままの「しらゆき」であつて、それが社殿の朱の色に映発してゐた。一生にただ一度の宮島の朝、その朝に道人は女神たちの雪化粧によつて迎へられたのである。

広島地方気象台によつて観測された気温については、気象庁統計室の明田川保氏から御教示をいただいた。記して謝意を表する。

ＪＲ新幹線の車内誌に「Ｌ＆Ｇ」といふ雑誌があつて、その一九九五年三月号に道人の歌「うなばらを　わがこえくれば」が載せられ、それに添へて「朱色と白のコントラストが美しい、冬の厳島神社」と題するカラー写真（年月不明）が掲げられてゐる。撮影者は黒田績生氏である。ただし、佐佐木幸綱氏のエッセイ「会津八一と雪の厳島神社」は、歌や写真に調和してゐない。

あかつき　の　ともしび　しろく　わたつみ　の　しほの　みなか　に　み
やゐ　せる　かも

十一月十九日の夜に船から見た厳島神社の「ともしび」は、十二月二十七日早朝の陽光を浴びて、しらじらと見え渡つてゐた。その白い「ともしび」に飾られて、女神たちは朝潮のなかに宮を定めてゐることよ、と言ふのである。この日の広島地方の気温が○度を越えたのは午前十時であつた。夜来の雪も白く、ともしびも白く、そこにうち寄せる朝潮、そこを吹きわたる寒風に包まれて、女神の宮は凛然たる姿を見せてゐたことであらう。その姿を描き出した端正な歌に「し」音、「み」音がよく響いてゐる。道人は「わたつみ」に自註して、

ここにてはただ「海」といふこと。

と述べ、前後の歌における「わたつみ」とは意味が違ふことに注意を促してゐる。

わが ため に みて うち ならし わたつみ の あした の みや
に はふり は うたふ

清浄界とも言ふべき神域の様に心を動かされて、道人は女神たちに祝詞を捧げようと思つたのであらうか。この海神の朝の宮殿に、神職の声が流れてゐた。ここまでの五首を彩るものは光であり色であつたが、この歌において音、すなはち神職の声が現れたことに注意すべきであらう。それは次の歌の「しほのね」につながるのである。多用されたタ行音がそれに調和してゐる。道人は「はふり」に自注して、

　禰宜《ねぎ》に次ぐやや低き神職。『万葉集』に「味酒《うまさけ》を三輪の祝がいはふ杉」とあり。

と述べる。この例は巻四・七一二番歌であるが、万葉集の「はふり」はこのほかにも

　御幣帛《みぬさ》取り神の祝《はふり》が鎮斎《いつ》く杉原薪《たきぎ》伐《こ》り殆《ほとほと》しくに手斧《てをの》取らえぬ　（巻七・一四〇三）

住吉《すみのえ》に斎《いつ》く祝《はふり》が神言《かむこと》と行くとも来《く》とも船は早けむ　（巻十九・四二四三）

などの例がある。僧侶には僧綱と言って、僧正、僧都、律師などの階級があるのに似て、神職にも神主《かむぬし》、禰宜《ねぎ》、祝《はふり》といふ階級があり、これをさして道人は「禰宜に次ぐやや低き神職」と言ったのである。ただし、神職一般をさして祝と言ふこともあり、道人のために祝詞を奏上した神職が、実際に祝であったのかどうかはわからない。ここは音数の関係で三音節の「はふり」を以てよしとしたのであらう。なほ、「禰宜」は動詞「願《ね》ぐ」の連用形が名詞化した語で、神を慰め、神に対して願《ね》ぎ言《ごと》を申し上げる人の意である。この「願《ね》ぐ」から派生した動詞が「ねがふ《う》」で、これは現代日本語において多用される。「はふり」は神の意志にもとづいて罪や穢れを放ち遣る人の意である。寒冷の拝殿にぬかづいて、海神の宮に仕へる「はふり」は道人の罪や穢れを放ち遣ったのであらうか。

ひとり　きて　しま　の　やしろ　に　くるる　ひ　を　はしら　に　より
て　ききし　しほ　の　ね

現在の宮島とは違つて、大正十年当時の宮島は、いはゆる観光客の数も乏しかつたことであらう。まして、年末の寒冷の日にこの島の神に詣でる人は、道人のほかにはたしてあつたのであらうか。「ひとりきて」といふ表現に、道人の孤影がよく見えてゐる。厳島神社の北西に真言宗高野山派に属する大願寺があり、道人はこの寺にも立寄つた。ここには重要文化財に指定された佛像尊像が多く、薬師如来坐像、釈迦如来坐像、阿難尊者立像、迦葉尊者立像などがあつて、その諸像の前に道人は心をなごませたはずであるが、思ひはひとへに海神の宮にあつたゆゑか、歌を残してゐない。道人は社殿の柱にもたれて潮の音に耳を傾けてゐたのであらう。ふかい静けさのなかにあつて、潮の音だけが聞えてゐて、その潮の音がとだえるたびに、あたりの静けさも道人の旅愁も、一段とふかかつたはずである。この旅愁の歌に「し」の音がよく響き、「るる」「きき」「しし」といふ三個所の同音連続は、おそらく道人の心の波動が露頭したところだつたのであらう。なほ「くるるひ」は南京余唱にもあり

とほ つ よ の みくら いで きて くるる ひ を まつ の こぬ れ に うちあふぐ かな

そのほかに「くるる」を含む歌も道人には多い。たとへば村荘雑事の一首に見える。

むさしの の くさ に とばしる むらさめ の いや しくしくに くるる あき かな

かくて、この「しほのね」の歌を以て厳島の歌七首、光と色と音とが構成する七首の歌が終る。この構成が道人の意図したところであつたとすれば、それが読み

解かれるときを、泉下に待望してゐたことであらう。女神たちの島に別れた道人は「広島をへて海路尾道に至り、同地に泊」つたのである。

（補註）厳島の歌七首のうち、大正十三年初印本『南京新唱』に載つた歌は、「厳島」と題する「みやじまと　ひとのゆびさす」一首、「再び厳島を過ぎて」と題する「うなばらを　わがこえくれば」一首、計二首であり、昭和十五年初印本『鹿鳴集』においても同様であつた。それが昭和二十六年刊の『會津八一全歌集』において「厳島」といふ題が「厳島にて」と改められて「みぎはより　ななめにのぼる」一首、すなはち市杵島比売の歌一首が加へられ、「再び厳島を過ぎて」といふ題の表記を「ふたたび厳島を過ぎて」と改め、

あけぬりの　のきのしらゆき
あかつきの　ともしびしろく
わがために　みてうちならし

ひとりきて　しまのやしろに

の四首が加へられて、合計七首となつたのである。

道人が同年十二月二十八日付で市島春城に宛てた書簡に曰く、

昨日は厳島にいたり　先づ社務所につきて宝物の展覧をもとめしも　主任不在と称して許されず不平満満として大願寺に詣で　其佛像を歴覧するに　阿難迦葉の両立像の如きまことに會心のものにて大に溜飲を下げ候　院主某僧正折から在宿にて、茶菓の饗にあづかりて二時間ばかり物語して帰へり　一泊せずして直に廣嶋に赴き市街を一見したる後　夕刻出発して尾道まで来り一宿いたし候

この書簡によつて「放浪唫草」の構成がここでも時間的順序に従つてゐないことを知るのである。この院主は大願寺の第三十六世で、名は松峰光典、高野山から来り住んだ法印であつた。その光典師が道人と歓談した庫裡の一室において、現住平山真明師夫妻から拝聴したところによれば、光典師は書に造詣あり、その内妻花涯女史は画に造詣があつて、大願寺には知識人の来訪が多く、文化サロンの観を呈してゐたといふ。かくて道人と住持夫妻との歓談は、ほとんど書画のことに終始したやうである。

第七首「ひとりきて」は夕方の歌になつてゐるが、右の書簡の表現を事実とすれば、道人は昼ごろにはすでに広島市内にあつた。第七首の「しほのね」は、道人の文学的真実の世界において、三女神の宮居にひた寄せる夕潮の音となつたのである。この歌にも「し」音が響いてゐる。

大正十年（一九二一）の晩秋から始まつた秋艸道人の旅は、いよいよ九州にさしかかつた。その十一月二十日の朝、道人は門司に上陸し、中津自性寺の大雅堂に向つた。そこでまづ大雅堂の歌が現れるところであるが、鹿鳴集においてはこれを後出としてゐる。年譜によれば、その十一月二十日の夜から別府に滞在すること十余日、立花屋別荘を宿舎として心身の疲れを癒してゐた。そこに「別府にて」七首が生れたのである。

いかしゆ　の　あふるる　なか　に　もろあし　を　ゆたけく　のべて　も
のおもひ　も　なし

道人が宿舎とした浜脇海岸の立花屋別荘は、日豊本線の東別府駅に程近く、本邦第一の湧出量を誇る別府温泉の一角を占めて、旅の孤影を曳く道人を迎へた。そのゆたかな出で湯に身を浸した充足感を表出した歌で、第五句の字余りのなかに「も」の音がやはらかく響いてゐる。

「いかしゆ」については、道人は「効果ある温泉」と言ってゐるだけであるが、形容詞「いかし」が現代では一般的ではないので、少々補足しておきたい。この語は本来シク活用の形容詞であるから、体言「ゆ」には連体形「いかしき」が接続するはずである。しかし、連体形語尾の「き」が確立するまでの古代にあっては、終止形が連体形としてもはたらいてゐたので、この「いかしゆ」における

「いかし」は、連体形として体言「ゆ」を修飾してゐる。その語幹「いか」に意味から漢字を宛てるならば「厳」を穏当とし、「いかつち」「いかめし」「いかる」などと語源を同じくする。「いか」の基本的な意味は、勢ひが盛んである、立派でおごそかである、といふことであり、道人はそれを温泉にあてはめて「効果ある」と言ったのである。この年に制定された立教大学の校歌（諸星寅一作詞）第一節に

芙蓉の高嶺を　雲井に望み
紫にほへる　武蔵野原に
いかしくそばだつ　我等が母校
見よ見よ立教　自由の学府

とあることは奇縁と言ふべきであらう。この一節には更級日記にかかはるところもあるが、いまは省く。

はま　の　ゆ　の　には　の　このま　に　いさりび　の　かず　も　しら
えず　みゆる　このごろ

右は「別府にて」の第二首。道人の部屋の前に庭があり、その庭の木立を通して、暗黒の海にきらめく無数の漁火が見えてゐたのであらう。それが道人の旅愁を誘つて歌となつた趣である。漁火を意味する「いさりび」は、本来「いざりび」であつたが、のちに（室町時代か）「ざ」が清音化して、この歌にも「いさりび」となつてゐる。可能、自発、受身などを意味する助動詞「る」は、文語文法（平安朝文法）ではラ行下二段に活用するが、本来はヤ行下二段に活用してゐた。この歌に見える「しらえず」の「え」はその未然形である。

ひさかたの　あめ　に　ぬれ　つつ　うなばら　を　こぎ　たむ　あま　が

たぢから　も　がも

鈍色の海に冬の雨が降る。その雨を冒して船を操る漁民の姿を見ながら、たくましい「たぢから」を羨む気息が聞えてくる。道人はその秋十月に腎臓炎が再発して、房州勝浦に静養したばかりなのであつた。

道人が「漕ぎ廻る」と自註した動詞「こぎたむ」は上二段に活用する語であるから、その連体形「こぎたむる」が体言「あま」にかかるべきである。しかし、当時の古代語研究の段階においては、そのことがまだ明らかではなかつたのである。

また、道人が「腕力」と自註した「たぢから」は手力の意であり、手は独立形「て」、複合語の前項に立つ非独立形は「た」となることが原則であつて、手火（たび、焚松のこと）もその例である。後世はこの原則も崩れてしまふのであるが、手綱（たづな）はその遺例である。

たちばな　の　こぬれ　たわわ　に　ふく　かぜ　の　やむ　とき　も　な
く　いにしへ　おもほゆ

この歌は「放浪唫草」の第十七首である。道人は大正十年十一月に九州に赴いた。同年の年譜によれば、十八日大阪港を出て二十日朝門司に上陸、中津自性寺の大雅堂を経て別府に到り、立花屋別荘を宿舎とした。その旅館の名が「たちばな」であり、自註に「わが宿りし旅館の前庭にも多くこれを植ゑたり」とあつて、そこにこの「たちばな」の歌が生れたと考へられる。道人は「たわわに」に自註し

その果実累々《るいるい》として枝も撓《たわ》むばかりに。「とををに」「たわたわに」「たわに」

など、みな同じ。

と言つて正確である。宿舎立花屋別荘は別府市の浜脇海岸にあり、その庭の橘に海の風がかよひつづけて、果実ゆたかな梢の枝は撓むばかりだつたのであらう。さうした実景を序詞に据ゑて、止むときもなく遠つ代に寄せるわが思ひを歌つてゐる。橘の枝と同じやうに、道人の心もまた「たわわに」いにしへを思ふ趣である。筑紫に名を残す遠つ人としては、大伴旅人、山上憶良、菅原道真、池大雅、田能村竹田など数多く、また伊勢物語第六十段には

五月《さつき》まつ花たちばなの香をかげばむかしの人の袖の香ぞする

とあり、筑紫の橘にかかはるこの歌も、旅人以下の人々と共に道人の念頭にあつたのであらう。第四句「やむときもなく」は、すでに万葉集の恋の歌に、

千鳥鳴く佐保の河瀬のさざれ波止む時もなしわが恋ふらくは　（五二六）
白栲《しろたへ》の袖に触れてよわが背子にわが恋ふらくは止む時もなし　（二六一二）

など多数の例があり、その止む時もなき古代の恋を、道人は古代そのものに向けたのであつた。「別府にて」の一首である。

次に「別府にて」第五首を読む。

わが　こころ　つくし　の　はま　の　たちばな　の　いろづく　まで　に
あき　ふけ　に　けり

道人が宿舎とした立花屋別荘の庭には、橘の木が多かつた。それを詠むこと、前歌と同様である。地名の「つくし」は狭い意味では筑前・筑後の地を指し、広い意味では九州全体を指す。別府は豊後国にあり、ここは後者の「つくし」である。それに枕詞「わがこころ」を置き、心を尽す意に用ゐてゐる。ふかく愛好する別府海岸の旅舎における表現として、けだし適切であらう。このほかに「つくし」にかかる枕詞としては「むまのつめ」がある。万葉集四三七二番歌を参照されたい。筑紫の晩秋の風趣を橘の実の色といふ一点に捉へた上質の作と言ふべきであらう。

うなばら　に　むかぶす　やへ　の　しらくも　を　みやこ　の　かた　へ
ゆめ　は　ぬひ　ゆく

この歌は「放浪唫草」の第十九首である。詞書に「別府にて」とある歌の第六首であり、その立花屋における「ゆめ」であつたと考へられる。自註には「むかぶす」について「彼方に遠く低く伏す」とし、「ぬひゆく」について「白雲の重畳せる中を針もて縫ふが如くに、夢は都の方向に辿《たど》り行くといふこと」としてゐるので、これによつて歌意は明らかであらう。都を厭ひ離れて、あへて放浪の旅に日を重ねる身ではあるが、その旅のやどりに見る夢は、やはり都に残してきたもろもろの思ひだつたのであらう。第五句の「ゆめはぬひゆく」がおもしろく、白雲を分けつつ曲線状に進むもの、波うつものの姿を思はせてゐる。

立花屋の窓からは別府湾のかなたに重なる白雲が望まれたはずである。その別府湾の別名を菡萏《かんたん》湾といふ。菡萏とは蓮の花、あるいは蓮の蕾のことであり、蓮の花が開くやうに遠く伊予灘に向つて開く「うなばら」は、八重の白雲をうかべて道人の夢の舞台となつたのである。

つきよみ　の　かげ　は　ふたたび　みつれども　たび　なる　われ　は

しる　ひと　も　なし

これは「別府にて」の第七首である。道人は「みつれども」に自註して「旅中に満月に逢ふこと二度に及びたりといふこと」と述べてゐる。その二度の満月について言へば、道人はこの九州の旅の直前にも旅に出てゐる。すなはち、同年十月十九日東京を発し、尾張、伊勢を経て奈良の寺々をめぐり、河内の観心寺、聖徳太子の墓にも参詣して、二十九日に帰京した。この旅の間に満月の光を浴び、さらに十一月下旬に別府において満月を仰いだ。それを併せて「ふたたび」と言つたのであらう。

動詞「みつ」は本来四段に活用するが、鎌倉時代からは上二段にも活用するやうになつた。ここは上二段活用の已然形「みつれ」である。

初句の「つきよみ」には問題がある。月の独立形は「つき」であり、複合語の前項に立つ非独立形は「つく」となることが原則であつた。後世はその原則が崩れて、月影（つきかげ）とか月夜（つきよ）とか言ふのである。道人はアマテラスの弟の名をツキヨミとして例示するが、その名はツクヨミであつてツキヨミではなく、月そのものを指すときもツクヨミであつてツキヨミではない。この歌が詠まれた当時は、古事記の訓みにおいて、ツキヨミといふ形が一般的だつたのであらうか。

長い旅の空に二度も満月を仰ぐことになつたが、孤独な旅人であるわたしに向つて、またお目にかかりましたねと言ふ人はゐないのだ。月光は皎々としてわが身に降りそそぎ、旅愁は深々としてわが身を包む。その趣が痛ましい歌である。

ここで「別府にて」七首が終る。別府に滞在する間、道人は近傍のあちらこちらをたづね歩いた。年譜によれば、二十七日には地獄めぐりに赴き、鬼の岩屋と呼ばれる洞穴を海岸にたづねてゐる。その一首、

ゆふ　されば　ほとぎ　の　さけ　を　かたまけて　いはや　の　つき　に
おに　の　ゑふ　らむ

詞書に「鬼の岩屋といふところにて」と見える。動詞「さる」は本来「移動する」といふ意味であり、来る意にも行く意にも用ゐたのであるが、後世には行く意に限られるやうになつた。万葉集には来る意の用例が多く、これもその意で「夕方になると」といふことである。

第三句「かたまけて」に自註して道人は「傾けて」と言ふ。しかし、動詞「かたまく」に「傾ける」意はなく、命を傾ける、傾注する意に用ゐたらしい特殊な一例を見るにすぎない。「ほとぎ」のやうな器物を傾ける意の用例が見当らず、ここは道人の造語かと思はれる。

鬼の岩屋といふ奇怪な名に、古墳の石室から受けた印象、古人の感覚を窺ふことができるのであるが、それはこの豊後国に限つたことではなく、遠く離れた丹後国にもある。その洞穴、石室の入口を月明りが照してゐる様に、酒壺を傾けて酔ふ鬼を想像した作で、そこには道人が若き日に親しんだ俳諧の世界がほの見えるかのやうである。

さらに別府における作二首が続いてゐる。まづ「別府の宿より戯に奈良の工藤精華に贈る」歌

そらみつ　やまと　の　かた　に　たつ　くも　は　きみ　が　いぶき　の
すゐ　に　か　も　あら　む

はるかな大和のかたを見れば、雲が立ちのぼつてゐる。あれはあなたの大言壮語が雲となつて空にたなびいた、その名残でもあらうか。

第一句「そらみつ」は四音の枕詞で、古くは記紀に用例があり、万葉集の巻頭歌にも「そらみつ大和の国は」と言ふ。歌における形式が発達して、短句は五音を整形とし、長句は七音を整形とする意識が強くなつてくると、四音の枕詞にも

変化が生じたかと考へられる。人麻呂による「そらにみつ大和を措きて」（万葉集二九）はその例である。道人の歌にはその本来の四音形が見られる。

第四句の「いぶき」は、道人の自註のやうに「息を吹くこと」の意であり、古美術の撮影によつて知られる老写真師、工藤精華が「つねに好みて壮語するを諷した」のである。そこに道人と精華との親密な間柄がよく現れてゐる。知る人もない旅にあつて、知る人をなつかしむ心情から、この戯歌は生れてきたのであらう。「いぶき」はもともと霧と関係がふかい語であつたが、それを雲について用ゐたところに道人の新生面がある。

をちこち　の　しま　の　やしろ　の　もろがみ　に　わが　うた　よせよ
おき　つ　しらなみ

この歌には「別府のやどりにて夢想」といふ詞書があり、それについて道人は次のやうに述べてゐる。

ここにては「空想」にはあらず。睡眠中に作りて、醒めて後尚ほ記憶せる詩歌の類を神佛の霊感などの如く思ひて「御夢想」などいふ。

また「をちこち」に自註して「あるひは遠く、あるひは近く」としてゐるが、この仮名づかひは「あるいは遠く、あるいは近く」が正しい。

さて「をちこちのしまのやしろ」は、具体的には示されてゐないが、それはたとへば、すでに経てきた安藝の宮島の三女神であり、また国東半島の沖にある姫島の神（大帯《おほたらし》八幡社、杵築藩松平家の祈願所、内田康夫氏の長編推理小説『姫島殺人事件』にも登場する）であつたらうか。さうした神々にわが歌を運んで行けと、沖の白波に言ふのである。わが会心の歌を島々の神に奉献すべく、沖の白波に命ずる趣である。

ひびわれし　いし　の　ほとけ　の　ころもで　を　つづりて　あかき　ひ
とすぢ　の　つた

この歌には「大分市外上野の石佛をみて」といふ詞書がある。道人の年譜によれば、これは大正十年十一月二十二日のことであった。豊後国大分県は石造美術の宝庫と言はれるほどに石佛が多いところであり、特に磨崖佛が多いことにおいて本邦第一のところである。それは平安時代から鎌倉時代にかけて製作されたらしく、中国の雲崗、龍門の流れをひくものとして、道人の関心が浅からぬところだったのであらう。十二月三日まで県内のあちらこちらの石佛を尋ねた。ここに言ふ上野の石佛とは、大分駅の南東に位置する上野台丘の中腹にあり、元町石佛とも呼ばれる史跡であって、薬師如来、不動明王、多聞天などの巨像が彫り出され、千年の時を経てきた。かうした石佛をめぐる旅の感慨は、この一首に凝縮してゐると見るべきである。道人はこの上野の石佛を二十八日にも再訪してゐる。凝灰岩の石佛は彫りやすく、また損はれやすい。その千年の風雪による痛ましいひび割れを綴りとめるかのやうに、石佛の袖に這ひかかるものは、一条の蔦もみぢであつた。石佛に燃える生命の色の印象は、きはめて鮮かである。

かみ　の　よ　は　いたも　ふりぬ　と　ひむがし　に　くに　を　もとめ
し　おほき　すめろぎ

あたらしき　くに　ひらかむ　と　うなばら　の　あした　の　かぜ　に
ふなで　せり　けむ

うなばら　を　こえ　ゆく　きみ　が　まながひ　に　かかりて　あをき

やまとくにばら

右三首の詞書に「豊後海上懐古」とあり、これを前著においては大正十一年一月の船旅に得たのであらうとした。しかし、この「海上」を「船上」の意ではなく、海のほとりの意とし、放浪唫草の旅の別府における作と考へることが妥当なのであらう。道人の自註に、

日向地方は、山岳のみ多くして、土地狭隘なるに、天孫の一族は、久しくかかる所に籠居したりといふ伝説あるによりて、新しき国土開拓の希望を想像したるなり。

と見える。この「おほきすめろぎ」すなはち神武天皇は、日向国における神代が甚だ古くなつたとて、東方に新しき国土を求めたのだと言ふ。その東方をさして、朝風のなかに青波を淩ぐ船団の姿あり、その船上に眉をあげた神武天皇の行

手に、新しき国土「やまとくにばら」が青々として迫ると言ふのである。

いにしへに寄せる道人の思ひは、悠久の古代、神話伝説の世界に及んだ。そこにいはゆる神武東征伝説のみごとな文学化を見ることができよう。新しき国土開拓の希望が、豊後の海のほとりによみがへるかのやうである。第一首に頭韻「あ」あり、第三首に脚韻「ばら」があつて「きみ」は神武天皇をさしてゐる。「まながひ」は万葉集に「麻《ま》奈《な》迦《か》比《ひ》に　もとなかかりて」（巻五・八〇二）とあり、その「迦」は清音の仮名である。

次には「耶馬渓にて」十一首が続く。この十一首は放浪唫草における最大の歌群であり、前出の山中高歌十首の歌群をも凌いでゐる。このやうな規模の歌群が耶馬渓において出現した理由はなにか。それはもとより耶馬渓に展開してゐた風趣が、道人の詩心を強烈に駆り立てたことであるが、その理由についてさらに考へてみるならば、そこには道人が愛好する南画の世界がふかい奥行きを以てひろがつてゐたことに気づくのである。道人と南画とのかかはりについて一言しておく。

唐土における絵画の流れに南画あるいは南宗画と呼ばれる流風がある。これは唐代の詩人王維（七〇一～七六一）の画風から興り、宋代の荊浩《けいかう》、董源《とうげん》、米芾《べいふつ》などを経て、元代に大成され、明代に全盛期を迎へたと言はれる。その影響を受けて日本の南画は江戸時代に盛行した。その歴史を見ると、そこに与謝蕪村、池大雅、田能村竹田などの名があり、これらの人々について道人は深い関心を抱いてゐた。道人の絵画はまさにこの南画の系譜に属し、南画において愛賞される四君子といふ題材を好んだのである。四君子とは蘭、竹、梅、菊（この四種の植物を列挙するとき、その順序は必ずしも一定してはゐないやうである）をさし、道人には蘭の絵もあり、梅の絵もあり、菊の絵もあるが、殊に好んで竹を描き、またそのことを歌にしてゐる。

道人はその序文に「大正十年十二月十二日雨を冒して耶馬渓に入り二日にして去る時に歳やうやく晩く霜葉すでに飛びつくしてただ寒巌と枯梢と孤客の病身に対するあるのみ蕭条まことに比すべきものなかりき」と述べてゐる。例によつて典雅整然たる漢文訓読調である。そこに「耶馬渓に入り」とするのは、中津から柿坂に至る耶馬渓線の汽車によることであつた。昭和五十年に廃線となつたその鉄路を、当時は小さな蒸汽機関車がわづかな客車を引いてゐたのである。和光慧氏の『會津八一とゆかりの地』には、その写真が載せられてゐる。道人は当時の終点柿坂駅に降りて、山国川に臨む旅館かぶとやに投宿した。——旅館の名に「かぶと」とは珍しく思はれるが、謡曲「望月《もちづき》」の舞台は近江国守山の旅宿甲屋《かぶとや》である。——

翌日は柿坂から南下して深《しん》耶馬渓に足を向けた。そこは山国川の支流山移川《やまうつりがわ》の流域であり、十二キロメートルに及ぶ渓谷である。その渓谷は特に後半に見所が多い由であるが、道人がどのやうにして、どの程度まで分け入つたかは不明である。

あしびきの　やまくにがは　の　かはぎり　に　しぬぬに　ぬれて　わが
ひとり　ねし

枕詞「あしびきの」が「やま」にかかる。この枕詞自体が有する問題点については、ここでは詳説しないが、本来の形は「あしひきの」である。第三句以下は、万葉集に

朝霧にしののに濡れて呼子島三船の山ゆ鳴き渡る見ゆ　（一八三一）

といふ歌あり、これが道人の念頭にあつたのであらう。この「しのの」の原文は

「之努努」であり「努」は甲類「の」であるが、当時は旧訓の誤り「しぬぬ」が一般に知られてゐたらしい。第五句の「わがひとりねし」における「ひとりね」は万葉集にも多数の例を見るが、それは専ら「ふたり」を意識した表現であり、道人の「ひとりね」はそれとは類を異にして、序文における「孤客」に対応してゐる。川霧に濡れた孤客の姿を描き、それを序歌として、「耶馬渓にて」十一首は展開する。

やまくに　の　かは　の　くまわ　に　たつ　きり　の　われ　に　こふれ
か　ゆめ　に　みえ　つる

道人は「耶馬渓」に自註し、

山国川の渓谷。「山」の字を「耶馬」と訓読して、かく命じたるは頼山陽なり。今日にいたりては、原名の方かへりて耳遠くなれり。

と述べてゐる。「くまわ」は本来「くまみ」であり、万葉集に

後《おく》れ居て恋ひつつあらずは追ひ及《し》かむ道の阿廻《くまみ》に標結《しめゆ》へわが背　（巻二・一一五）

玉桙の　道の久麻尾《くまみ》に　草手折《たを》り　柴取り敷きて　（巻五・八八六）

などと見えて、道の彎曲部、道の曲り角を言ふ。この彎曲部を意味する「み」（乙類）が「うら」に接すれば「うらみ」となって

大和路の島の浦廻《うらみ》に寄する波あひだも無けむわが恋ひまくは　（巻四・五五一）

月《つく》よみの光を清み夕凪《ゆふなぎ》に水手《かこ》の声呼び宇良未《うらみ》漕ぐかも　（巻十五・三六二二）

などの多数の例があり、曲線状の浦を言ふ。しかし、この古語はやがて忘れられて「うらわ」となり、

玉寄するうらわの風に空晴れて光をかはす秋の夜の月

浦曲《うらわ》のさとよいかにすむらむ　　　（千載和歌集、巻四・二八一）

（水無瀬三吟百韻、名残表、宗長）

など、用例が多い。道人はこれを「くまみ」にあてはめて「くまわ」としたのであらう。すなはち、山国川の流れの彎曲部、うねうねと曲って流れる山国川をさして、「やまくにのかはのくまわ」と言ったのである。その川に立つ霧がわたしを恋しく思ってゐるので、それでわたしの夢に見えたのか、といふ歌であるが、実際は、作者が山国川に立つ川霧のさむざむとした風景をふかく心に留めたので、その風景が夢にまで現れるわけで、それを裏がへしにした表現となってゐる。このときの道人の念頭には、万葉集の

わが背子がかく恋ふれこそぬばたまの夢《いめ》に見えつつ寝《い》ねらえずけれ　　　（巻四・六三九）

朝髪の思ひ乱れてかくばかりなねが恋ふれそ夢《いめ》に見えける　　　（巻四・七二四）

などの歌があつたかと考へられる。人事を自然に移した巧みな同工異曲である。「こふれ」について少々補足したい。これは動詞の已然形が接続助詞「ば」を伴はずに順接条件を示す古式の語法で、「こふれば」に同じ。従つて「恋しく思ふので夢に見えたのか」といふ意味になる。

よひ　に　きて　あした　ながむる　むか　つ　を　の　こぬれ　しづかに
しぐれ　ふる　なり

道人は「むかつを」について「向ひの峰。旅館の二階より眺めていへり」と言ふ。その「むかつを」は、はやく日本書紀の歌（一〇八）に見えてゐる。前日、十二月十二日の夕方に道人は旅館かぶとやに投宿し、翌朝にその二階からしづかに降る時雨を眺めたのであらう。山国川をはさんだ対岸の山の木々は、その梢に時雨が降りそそいでゐた。時雨はしづかに、さびしく降る。それを眺める道人の心もまた、さびしく、しづかだつたのである。

ひと　みな　の　よし　とふ　もみぢ　ちり　はてて　しぐるる　やま　を
ひとり　みる　かな

世間の人々は秋の風趣を紅葉に求めて、それを愛賞するのだが、耶馬渓の紅葉はすでに散りはててゐた。その彩りを失つた山に時雨が降る。序文に言ふ寒巌と枯梢とが冷たく濡れてゐる。そのやうな風景を眺める人は、これぞ病身の孤客、秋艸道人會津八一であつた。

しぐれ　ふる　やま　を　し　みれば　こころ　さへ　ぬれ　とほる　べく

おもほゆる　かも

耶馬渓の山々はしぐれに濡れて、しづまりかへつてゐる。さうした風景に見入る人の心の奥底にまで、そのしぐれは沁みとほるかのやうであつた。満目蕭条、さびしく冷たい世界が道人を包んでゐたことを、この歌は描いてゐる。

ここにおいて注目すべきことは、ここまでの三首に共通してしぐれが詠まれてゐることである。また、そのしぐれは後続する二首にも見え、それが耶馬渓歌群十一首の主調となつてゐる。この主調に共鳴するものが、三首に現れる霧であるし、同じく三首に現れるひとりであつた。かくて、しぐれと霧とひとりとが奏でる音調によつて、耶馬渓歌群十一首は包まれてゐるのである。

あさましく　おい　ゆく　やま　の　いはかど　を　つつみ　も　あへず

このは　ちる　なり

道人は「あさましく」に自註して「なさけなきほどに見苦しく」と述べてゐる。この形容詞「あさまし」は「人の行動を浅い、なさけないとして見下げる」意の動詞「あさむ」から派生した語であつて、現代語の「あさましい」はその原義を承けて用ゐられる。骨ばつた岩山の姿を、人が骨高に老いた様に比したのである。その老残を包みかくすこともなく、葉が散りはてた冬枯れの木々は岩角をあらはにするのであつた。

むか　つ　を　の　すぎ　の　ほこふで　ぬき　もちて　ちひろ　の　いは
に　うた　かか　ましを

第二句「すぎのほこふで」には自註がある。それによれば、鉾《ほこ》のやうに先端が尖つた杉をそのまま筆にして、できることなら、巨大な岩肌にわが歌を書きたいものであつた、といふ文脈になる。万葉集に「ほこすぎ」といふ孤例があることを指摘し（巻三・二五九、鴨君足人）、それを展開させた表現であることを示してゐる。さらに道人は

樹木を筆の形に比したるは東西の文学にその例あり。たとへばハイネの「ノルドゼイ」の如し。

と述べた。ドイツの詩人、ハインリヒ・ハイネ（Heinrich Heine・一七九七〜一八五六）は、一八二七に詩集『歌の本』を出版した。そこに「北海」（Die Nordsee）があり、その第二輯所収の「告白」の一節に

いま　ぼくは手に力をこめ
ノルウェーの森のいちばん高い樅《もみ》を引きぬき

エトナの山の煮えたぎる
火口にそれをひたし
火をふくむ巨大な筆にして
暗い空のおもてに書こう
「アグネス　あなたを愛す」
と言ふ。これは井上正蔵訳『ハイネ全詩集』一九七二による。以上、ハイネの詩については、木庭宏氏から御教示をいただいた。記して感謝の意を表する。
この一首は寂寥の色に染められた耶馬渓歌群において、心がなごむやうな一時もあつたことを物語るか。

しぐれ　ふる　やまくにがは　の　たにま　より　ゆふ　かたまけて　ひとり　いで　ゆく

寒冷の一日を遊んで、道人は耶馬渓を去ることにした。前述の、世に言ふキーワード、しぐれ、霧、ひとりの三語のうち、この歌にはしぐれ、ひとりの二語が含まれてをり、それは前掲の第四首「ひとみなの」と同様の寂寥相を見せるのである。道人は十二月十三日の夕刻に山国川の渓谷を出て行つた。

第四句「ゆふかたまけて」の自註には「かたまく」は「かたむく」と記し、さきの鬼の岩屋の歌の自註と区別がないやうに見える。下二段活用の動詞「かたまく」は、やがてその時が来る、その時になる意の語であるから、この第四句の意は夕方になつてといふことである。そこで、自註の「夕も近く、日の暮れむとするに」といふ表現に誤りはないのであるが、動詞「かたまく」それ自体に、傾ける、傾斜させるといふ意味はないと考へるべきであらう。

やまくに　の　かは　の　せ　さらず　たつ　きり　の　たち　かへり　つ

つ　みむ　よし　も　がも

山国川の川瀬に霧が立ちこめる風景は、道人のさびしい心を一段と深くしたはずである。しかし、さうした風景を嫌ふのではなく、これからもまたここに足を運んで、幾度か見るやうな縁を得たいものだ、と言ふのである。第三句までは序詞であるが、それはただ単に同音の関係によつて「たちかへり」を導くだけではなく、願はしい再訪の対象をも示してゐる。すなはち、これは意味の上で一首の主想部と密接な関係を持つ序詞であり、中世歌学の用語を以てすれば、有心《うしん》序と言ふべきものであつた。道人にはときどきこの修辞法が見られ、たとへば「望郷」の一首

みゆき　ふる　こし　の　あらの　の　あらしば　の　しばしば　きみ　を
おもは　ざらめ　や

においても、第三句までが意味を持つ序詞、有心序となつてゐる。それは「きみ」の背景なのである。これに対して、一首の主想部とは意味の上で関係がなく、単に同音または類字音の関係で用ゐられる序詞、無心序と呼ばれる序詞もあり、その典型的な例としては、万葉集の歌

吾妹子が赤裳ひづちて植ゑし田を刈りてをさめむ倉無《くらなし》の浜　(巻九・一七一〇)

がある。第四句までが序詞で、それが一句のみの主想部「倉無の浜」を同音の関係で導いてゐる。このやうな修辞法は、道人の歌には見られないやうに思はれる。

この耶馬渓の歌第九首は、山部赤人の歌も念頭にあつて詠まれたやうである。

明日香河川淀さらず立つ霧の思ひ過ぐべき恋にあらなくに

(万葉集、巻三・三二五)

耐へきれないほどの寂寥の思ひを、むしろひそやかな楽しみにしようとするかの

やうな趣は、芭蕉の句

うき我をさびしがらせよかんこどり

の境地に類似するか。

あき　さらば　やまくにがは　の　もみぢば　の　いろ　に　か　いでむ

われ　まち　がて　に

この冬が去り、春も終り、夏も過ぎて、また秋が来たら、山国川の流れに沿ふ木々は、美しく紅葉することであらうか。わたしを恋しく思つてゐた心を表情にあらはし、頰を赤く染めるかのやうに、美しく紅葉することであらうか、わたしを待ちかねて。来年こそはすばらしい紅葉が山国川の渓谷を彩るときに、たづねて来たいものだ、といふ思ひが歌となつてゐる。

この歌もまた万葉の調べを消化してゐる。第四句「いろにかいでむ」については、万葉集の歌

白細砂《しらまなご》三津の黄土《はにふ》の色に出でて言はなくのみそわが恋ふらくは　（巻十一・二七二五）

隠《こも》りには恋ひて死ぬとも御苑生《みそのふ》の韓藍《からあゐ》の花の色に出でめやも　（巻十一・二七八四）

などにかかはるべく「いろにいづ」は表情にあらはす、顔色に出す意に用ゐられてゐる。また、第五句「われまちがてに」は万葉集の歌

敷栲《しきたへ》の衣手離《ころもでか》れて玉藻なす靡きか寝《ぬ》らむ吾《わ》を待ちがてに　（巻十一・二四八三）

春されば吾家《わぎへ》の里の川門《かはと》には鮎児《あゆこ》さ走る君待ちがてに　（巻五・八五九）

などにかかはる表現である。

たにがは　の　きし　に　かれ　ふす　ばら　の　み　の　たまたま　あか
く　しぐれ　ふる　なり

これが耶馬渓十一首の結びの歌である。そこに、全体を締めくくるかのやうに、主調「しぐれ」が見えてゐる。山国川の岸辺には野薔薇が枯れ伏し、その細い枝には、赤く熟した実がついてゐた。野薔薇の小さな赤い実がしぐれに濡れて色を増す趣である。満目の寂寥界にともる一点の灯のやうに。

道人は副詞「たまたま」を巧みに用ゐた。このほか「村荘雑事」第一首に「たまたまとほき」、「山鳩」の末尾に「たまたまあかき」があつて、いづれも第四句に用ゐられる。

耶馬渓の歌の次には大雅堂の歌四首が続いてゐる。道人が自性寺の大雅堂に立寄つたのは、年譜によれば十二月二十日である。道人はその朝門司に上陸し、鉄路によつて別府に向つたのであるが、その途中の中津に下車した。すなはち、中津の大雅堂は、道人の九州における最初の訪問地であつて、時間的順序としては、別府の歌、耶馬渓の歌よりも大雅堂の歌が先行するのである。

自性寺は臨済宗妙心寺派の禅寺、中津藩主奥平家の菩提寺として栄えたこともあつた。池大雅（一七二三〜一七七六）は、その第十二世住職提洲《だいしゆう》の招きによつてここに滞在し、奥書院大雅堂の襖に二十余点の書画を残した。かねて稀代の南画家大雅に心を寄せてゐた道人にとつて、大雅堂は九州の旅における重要な目的地だつたのである。この一連四首の詞書に、道人は「まことに西海の一勝観なり」と述べてゐる。

むかしびと　こころ　ゆららに　もの　かきし　ふすま　に　たてば　なみ

だ　ながるる

この一首における難語は「ゆららに」であり、道人の自註には「ゆらゆらに。ゆららかに。心ゆたかに」と見えてゐる。たしかに「ゆらら」は「ゆらゆら」にもとづくのであるが、その「ゆらゆら」は揺れ動くさまをいふ語であり、源氏物語には美少女若紫の姿を描写して「髪は扇をひろげたるやうにゆらゆらとして」と言ふ。また一方「ゆら」にはゆるやかなさまを示すこともあるので、道人はその延長線上に「心ゆたかに」といふ独自の用ゐ方をしたのであらう。

久しく敬慕してきた人の作品多数の前に立つたとき、道人の胸をあふれたふかい感動が、そのまま感涙となつて頬を濡らした趣となつてゐる。

いにしへ　の　くしき　ゑだくみ　おほ　かれど　きみ　が　ごとき　は

わが　こひ　やまず

日本絵画史に名を留めるすぐれた絵師は、いはゆる桃山時代からだけでも長谷川等伯、俵屋宗達、尾形光琳などあまたあり、彼等はまさに「くしきゑだくみ」であるが、さうした名手たちのなかにあつても、大雅のやうな南画の名匠は、わが敬慕して止まない人であると言ふ。

この「くしき」はシク活用形容詞「くし」の連体形であり、道人はさきにも「南京新唱」において、観心寺の如意輪観音を「くしきほとけ」と言つてゐた。霊妙不可思議なさまを言ふ語である。連体形「くしき」の用例は古代においても乏しいのであるが、近代の上田敏訳『海潮音』には、

くしき畏《おそれ》の　満ちわたる
海と空との　原の上

とあり、また『讃美歌』五三三番にも、

くしき主の光　こころに満つ
み空わたる日の　かげにまさる

と見えてゐる。

なほざりに　ゑがきし　らん　の　ふで　に　みる　たたみ　の　あと　の
なつかしき　かな

大雅堂に残された作品のなかに、いはゆる四君子の一つ、蘭を描いた小品もあつた。この歌はそれを詠んでゐるのであるが、これを理解鑑賞するためには、道人の自註に頼るほかはあるまい。すなはち曰く、

あまり厚からぬ毛氈の上にて、奔放に筆を揮へば、畳の目がその筆触の中に

鮮かに見ゆることあり。

そこに座して蘭を描いてゐた大雅の姿を、いまその同じ畳に座してゐるかのやうに思ひながら、道人はなつかしんだのであらう。

いにしへ　の　ひと　に　あり　せば　もろともに　もの　いは　まし　を
もの　かか　まし　を

わたくしがもし「いにしへのひと」であつたならば、池大雅と同じ世の人であつたならば、大雅と共に南画を語り合つたものを、共に南画の筆を執つたものを、と言ふのである。

一つ松　人にありせば
太刀《たち》佩《は》けましを　衣《きぬ》着せましを

一つ松　あせを

倭建命の歌とされるこの歌（古事記歌謡二九後半）が、道人の念頭にあつたかと思はれる。

かくて、南画の世界にかかはる耶馬渓の歌、大雅堂の歌が終つた。道人は耶馬渓をたづねるよりも先に竹田に一泊してゐる。その竹田市の高台には、南画の大家田能村竹田（一七七七〜一八三五）の旧居があり、そこからは市街を一望することもできる。道人はそこに立つて、竹田の事跡、名著『山中人饒舌』のことなどを、さまざまに思つたはずである。また、竹田の墓前にもぬかづいたことであらう。しかし、思ひが余つたのか、歌を残さないままになつた。

耶馬渓を後にした道人は、太宰府、観世音寺をたづねたのであるが、その歌よりも先に肥後国木葉村の歌を掲げてゐる。そこは現在の熊本県玉名郡玉東町に属

し、鹿児島本線木葉駅の西に位置する。道人の詞書には

肥後国木葉村に木葉神社あり　社頭に木葉猿といふものを売る素朴また愛すべし　われ旅中にこの猿を作る家これを売る店のさまを見むとて半日をこの村に送りしことあり

と言ふ。原田清著『私説會津八一』によれば、木葉神社といふ名は道人の想念に生れた名であり、それに該当する神社は宇都宮神社である。その社頭に売られる木葉猿といふ素焼の玩具も、この旅の重要な目的であつたと思はれる。いま四十一歳の道人は大正十年（一九二一）末の旅をしてゐるわけであるが、その二年前、大正八年、三十九歳当時の年譜には、「この頃、郷土玩具の蒐集、研究につとむ」とあつて、肥後の郷土玩具木葉猿は道人を招き寄せ、そこに八首の歌を生み出すこととなつた。

このごろ　の　よる　の　ながき　に　はに　ねりて　むら　の　おきな
が　つくらせる　さる

猿が誕生する背景を平明に詠んだ歌で、むづかしいところはない。結句の「せ」は尊敬助動詞、活用は四段である。これが一連八首の序歌であり、道人のおだやかな視線が猿に注がれてゐる。一首三十一音のなかの七音を占めるラ行音は、西海肥後に木葉猿をたづね得た心躍りが、おのづから溢れて奏でる調べであつたらうか。

かはら　やく　おきな　が　にはの　さむしろ　の　かぜ　に　ふかるる
さにぬり　の　さる

道人が木葉猿をたづねたのは、大正十年十二月十六日である。焼かれて蓆の上に並べられた猿どもの赤い顔は、をりしも吹きわたる寒風に曝されてゐた。塗料と寒風とを相乗したかの如き猿の顔を、道人は飽くことなく見つめてゐたのであらう。この素朴愛すべき猿の姿に、道人は暢びやかに心を解き放つた。それはこの一連八首によく示されてゐることであり、郷土玩具に深い関心を持つてゐた道人は、筑紫の猿からも強い印象を受けたのである。頭韻「か」と「さ」との交錯あり、ここにもラ行音が多用されてゐて、それが猿の踊りをさへ思はせて巧妙である。

ほし　なめて　かず　も　しらえぬ　さにぬり　の　ましら　が　かほ　は
みる　に　さやけし

この八首の一連には、当然のことながら「さる」といふ語が多用されてゐるが、その中にあつて、この第三首と末尾の第八首とに用ゐられる「ましら」に注意すべきであらう。同一の動物の名にさる、まし、ましらといふ三つの語形があり、ましらの「ら」は「まし」に加へられた接尾語であるが、それではさるとましとはどのやうな関係にあるのか。古代語においては日本書紀の歌謡一〇七に音仮名によつて「佐屢《さる》」と明記されてゐる確例のほかには、猨田彦をサルタヒコ、猨女をサルメと訓む例があるばかりである。

あな醜《みにく》さかしらをすと酒飲まぬ人をよく見れば猿にかも似る　(万葉集、三四四)

この大伴旅人の歌では意字「猿」が用ゐられ、一般にはサルと訓まれてゐるが、マシと訓むこともできよう。それは、助動詞「まし」を「猿」字を以て表記する歌があるからである。

大島の嶺《ね》に家もあら猿《まし》を　（万葉集、九一）

咲きて散りぬる花にあら猿《まし》を　（万葉集、一一二〇）

わが待つ人に見せ猿《まし》ものを　（万葉集、二一一二）

また一方には、十二支の申《さる》を用ゐて助動詞「まし」を表記したり、助動詞「ましじ」のマシを表記したりする例が幾つもあり、

朝《あした》は消ゆる露にあら申《まし》を　（万葉集、三〇三八）

恋の増《まさ》らばありかつ申自《ましじ》　（万葉集、二七〇二）

古代においてはサルよりもマシの方が優勢であつたことを知るのである。

この歌の第二句「かずもしらえぬ」は前掲「別府にて」の第二首における「かずもしらえず」と同様の語法である。その項を参照されたい。乾すために並べられた無数の木葉猿、その無数の赤い顔は、寒風のなかに鮮明な色彩を見せてゐたのである。～（狂言「靭猿《うつぼざる》」においては猿をマシと言ふ）～

こころ　なき　おい　が　いろどる　はにざる　の　まなこ　いかりて　よ
の　ひと　を　みる

道人は「こころなき」に自註して「無心なる、素朴なる」と言ふ。すなはち、世俗を意識することなく、ひたすらに木葉猿を作りつづける人の姿を指すのであらう。そのやうな「おい」老人の穏やかなまなざしに対比させたものは、世の汚濁にまみれた人を射るやうな、埴から生れた猿たちの鋭い眼光であつた。道人は唐代の詩人王摩詰の詩の一句「白眼ニシテ他ノ世上ノ人ヲ見ル」を引いて「やや似たる趣なり」と言つてゐる。その「まなこいかり」たる猿に、道人は自己の投影を見たのかもしれない。

さる　の　こ　の　つぶらまなこ　に　さす　すみ　の　ふで　あやまち

そ　はしの　ともがら

埴猿たちの「つぶらまなこ」に瞳を書き入れるときの、筆づかひの微妙な相違は、埴猿たちの表情を千変万化させるはずである。ときには筆先が滑つて、失敗作ができることもあつたのであらう。その工人「はしのともがら」に向つて、筆づかひを誤らないでくれといふ気息である。

語釈を加へると、「まなこ」は本来は黒目、瞳孔の意であるが、やがて目、眼球の意にも用ゐられた。また「はし」の語形は本来「はにし」であつたが、音韻変化の結果として「はじ」となつた。この歌における「はし」といふ形は、おそらく道人の思ひちがひであらう。なほ、「あやまちそ」の「そ」は、サ変動詞「す」の古い命令形で、先行する否定副詞「な」に呼応し、「な――そ」といふ形で禁止の意を表はしてゐたが、平安時代の末ごろから「そ」単独でも禁止の意を表はすやうになつた。ここはその用例である。この歌は道人の墨跡を以て石に刻まれ、木葉猿窯元永田禮三氏方に建つ。除幕は平成八年十月十五日であつた。

ひとごと を きかじ いはじ と さる じもの くち おしつつみ ひじり さび す も

この歌以下三首、道人の得意な戯歌が並んでゐる。まづこの歌の音韻上の特色は「じ」音を多用してゐること、第一句と第五句とに「ひ」の頭韻があることである。道人は「さるじもの」に自註して「猿といふものの如く、猿らしく」と言ひ、万葉集に見える「いぬじもの」「うまじもの」「かもじもの」などの例を示してゐる。しかし、これはたとへば、

鴨じもの浮寝をすれば蜷《みな》の腸《わた》か黒き髪に露そ置きにける　(万葉集、三六四九)

においては「鴨ではないが鴨のやうに」の意であり、道人の歌の「猿じもの」とは語法を異にする。ここは「いかにも猿らしい恰好をして」の意である。「ひじりさびす」の自註も「智者ぶる、賢人ぶる」とあつて適切である。同類に「神《かむ》さぶ」がある。

さる　の　みこ　ちやみせ　の　たな　に　こま　なめて　あした　の　かり　に　いま　たたす　らし

立寄つた茶店の棚に木葉猿が並んでゐたのであらう。そこでその猿を「貴公子などの如くに見立て」、万葉集三番歌の「朝猟《あさかり》にいま立たすらし」、四番歌の「馬並めて」などを踏みながら、一首の戯歌に仕立てたのである。動かざる木葉猿に動きを与へた表現で、木葉猿に寄せた道人の愛着を、そこに見ることができよう。

ましらひめ　さる　の　みこと　に　まぐはひて　みこ　うましけむ　とほきよの　はる

猿姫が猿の貴公子と交合して子猿さんをお産みになつたといふ、その古代の春よ。無数の木葉猿を見てゐるうちに、道人の思ひは猿たちの祖先神に遡つたのであらうか。第五句「とほきよのはる」にこもる暢びやかな暖かさが、一首全体を包んで、上質の戯歌に仕立てたところはさすがである。「うまし」の「し」は敬語である。

万葉集巻第十六は戯歌が多いことを以て一特色とする。道人がこの歌を作つたとき、その念頭には左記の一首があつたのかもしれない。

寺寺の女餓鬼《めがき》申さく大神《おほみわ》の男餓鬼《をがき》賜《たば》りて其の子生まはむ　（三八四〇）

木葉猿に別れた道人は、熊本を経て八代に向つた。その途中の車窓からは、はじめて見る肥後の風景が、道人の眼をたのしませたことであらう。そこに「車中肥後の海辺にて」一首が生れてゐる。

たち　ならぶ　はか　の　かなた　の　うなばら　を　ほぶね　ゆき　かふ
ひご　の　はまむら

道人を乗せた列車は浜辺の村を通る。近景にはその村人たちの祖先が眠る墓地が見え、遠景には帆船が行き交つて、村人たちのいまの生業があつた。その対照が穏やかな調べによつて描かれてゐる。

わせだ　なる　おきな　が　やまひ　あやふし　と　かみ　も　ほとけ　も
しろし　めさず　や

大隈重信（一八三八～一九二二）は佐賀県の出身、政界の大物であり、また、わが国の鉄道業界の開拓者であつた。下野して東京専門学校を設立し、その後身たる早稲田大学の総長に就任して、慶應義塾大学と並ぶ私学の雄を育成した。道人がこの放浪の旅をしたときには、大隈侯爵はすでに八十三歳の身を病床に横たへてゐたのである。詞書に「旅中たまたま新聞にて大隈侯の病あつしと知りて」と言ふ異色の一首が、旅の歌のなかに載せられることになつた。

愛する母校を興した人に対して、道人には格別の思ひがあつたのであらう。早稲田の大隈翁が危篤であることを、神も佛も御存じではないのかといふ嘆きは、非日常の旅のさなかに聞えてきた世俗日常のつぶやきであつた。

この「放浪唫草」における歌の配列が時間的順序に従はないことは、すでにあちらこちらに見えてゐた。十二月十六日の木葉猿の歌に続く太宰府、観世音寺などの歌も、十二月十四日の発想なのである。まづ「太宰府のあとにて」と題する一首、

いにしへ　の　とほ　の　みかど　の　いしずゑ　を　くさ　に　かぞふる
うつら　うつらに

古代における内政外交の両面にわたつて、太宰府は中央政府に次ぐ重要な役所であつた。その壮大な規模は、いまに残る多数の大礎石群によつて知ることができる。第二句「とほのみかど」は「遠の朝廷」であり、道人が自註に示すやうに地方官庁の意で、万葉集では太宰府、越中国府などを指す。第四句の「くさにか

ぞふる」は連体形で止めた詠嘆の表現である。第五句に見える「うつら」は本来はつきりと見えるさまを言ひ、その畳語「うつらうつら」も眼前にはつきりとしてゐるさま、しつかりとしてゐるさまを示す語であつたが、江戸時代からは意識がはつきりしないさまを言ふやうになつた。『鹿鳴集』においても、このほかに

みほとけの　うつらまなこに　（南京新唱）

うつらうつらに　のぼりきて　（南京余唱）

などの用例が見えてゐる。

往時の太宰府の址は、現在のやうな整備された史跡公園ではなく、一面の草むらのなかに、古代の礎石群が見え隠れしてゐたのである。そこに湧いてあふれた道人の感懐がこの一首である。

わび　すみて　きみ　が　みし　とふ　とふろう　の　いらか　くだけ　て

くさ　に　みだるる

この歌に「菅原道真をおもひて」といふ詞書がある。菅原道真は宇多醍醐両帝の信任が厚く、微官から身を起して八九九年には右大臣の高位に昇つた。しかし、九〇一年に左大臣藤原時平の奸計によつて、太宰権帥《だざいのごんのそち》（太宰府の次官）に遷されてしまつた。事実上の流刑幽閉だつたのである。

道真の配所からは都府楼すなはち太宰府の門楼が近く、その瓦の色が道真を拒むかのやうに見えてゐた。千年の時が過ぎ、崩壊して久しい都府楼の瓦、道真が見たはずの瓦も砕けて、その破片の幾つかが草にかくれるやうに散乱してゐたのである。自註に言ふ「閉戸幽悶の状」を、道人は草むらに砕け散る瓦に見たのであらう。同音「とふ」のくりかへしあり、末尾は詠嘆の意の連体止めになつてゐる。「いらか」は高くとがつたところを原義とし、屋根の背、瓦ぶきの屋根を指

久寿二年（一一五五）の刻銘、保元二年（一一五七）の墨書あり。

と見える。

大正十一年の年頭の一週間ほどを、道人は奈良にすごした。一月四日に市島春城あてに書いた絵はがきには、

本日は小川晴暘といふ写真師を伴ひて地獄谷に赴き、春日石佛三種を撮影せしめ候。

とあり、一月八日に大泉博一郎あてに書いた絵はがきには、

この頃は毎日近所の写真屋さんをつれて奈良附近の石佛の撮影にあるいて居る。

と見えてゐる。この歌はそのときの産であるが、「ほとけのひざ」は印象に残る表現で、作者自身も一度では捨てがたかつたらしく、後出の「旅愁」にふたたび登場する。その佛の膝に置き忘れてきた柿の実は赤く熟れてゐたと言ふ。稀に通

りかかる人の眼にもつくほどにと言ふ。静寂の世界に置かれた一点の赤、冬の陽ざしがやはらかく降りそそぐ一点の赤は、さながら六十三首の大歌群「放浪唫草」の終止符であつた。

（付記）

『會津八一全集』第三巻に載る「佛教美術の意義」によれば、大正十年末の奈良の街に會津八一と小川晴陽との出会ひがあつた。その直後から小川は會津八一の示唆に富む助言を受けて、藝術的な佛像写真の世界を開拓した。『法隆寺美術大鑑』『室生寺美術大鑑』などは、小川が残した画期的な業績とされてゐる。その小川が興した写真館「飛鳥園」は、いま、奈良国立博物館の北、登大路に南面し、氷室神社と日吉館との間にある。入口に掲げた木額にも、日吉館から移された庭園の歌碑にも、會津八一の墨蹟を見ることができる。

第四章　望　郷

秋艸道人會津八一の『鹿鳴集』において、最大の歌群「放浪唫草」が終ると、『會津八一全歌集』では、それに続いて「村荘雑事」十七首、「南京余唱」四十二首、「震余」八首があり、さらに「望郷」七首が続く。ここからはその「望郷」の歌を読むこととする。この一連七首は「いつの頃よりか大正十四年七月に至る」間の作品であり、有恒学舎に勤務した四年を加へると、道人が故郷新潟市を離れて生活した年月は、すでに二十五年に及ぶ旅の年月だつたのである。晩年に至つて『自註鹿鳴集』を刊行したとき、そこに道人はわが「望郷」の歌七首について、次のやうに述べた。

作者の郷里は新潟の市内なり。されど一生の大半を東京にて暮らし、罹災して困窮に陥りしために、やむなく老後の身を故郷に寄せ来りしなり。かへつて新潟の歌を詠むこと少きは、住むこと久しからざりしためなり。

大河信濃川は新潟市において日本海に注ぐ。そこに新潟の人々と信濃川とのふかいかかはりがあつて、道人の望郷歌においても、この大河が重要な歌材となつてゐる。その第一首、

はる　されば　もゆる　かはべ　の　をやなぎ　の　おぼつかなく　も　みづ　まさり　ゆく

動詞「さる」は本来「移動する」といふ意の語であるから、こちらからあちら

へ行く意に限らず、あちらからこちらへ来る意にも用ゐる。ここは道人の自註のやうに、春の来れば、春ともなれば、の意である。この一首の眼目は第四句「おぼつかなくも」にあらう。道人はそれに自註して「大河の茫々として水量の溢るるさまの心もとなきをいへり」と言ふのであるが、それはまた同時に小柳のさまをも表現してゐるはずである。すなはち形容詞「おぼつかなし」には、ぼんやりとしてゐる状態を示す意と、不安の思ひを示す意とがあり、この歌においては前者の意で小柳とつながり、後者の意で大河の水量につながってゐると理解すべきであらう。若緑に芽ぶいた川辺の柳に春霞が漂って、ぼんやりと見えてゐる。その大河には雪消《ゆきげ》の水が溢れるばかりに漲って不安の思ひを誘ってゐるのである。故郷の早春に寄せた道人のふくよかな情感を、右のやうにこそ理解すべきであらう。第三句までは有心序《うしんじょ》、意味を持つ序詞であると言ふこともできる。

あさり　す　と　こぎ　たみ　ゆけば　おほかは　の　しま　の　やなぎ
に　うぐひす　なく　も

道人の自註に「あさり　魚介を取ること」とあり、「おほかは」すなはち信濃川を生業の庭とする人々の、その漁船の動きを描いたものと解される。「こぎたむ」については、前掲「放浪唫草」別府の歌を参照されたい。漁船の動きが川の中洲のあたりにさしかかるので、こちらの視線もその中洲に向く。中洲には柳が立ち、そこに鶯が鳴いてゐるのであつた。ゆるやかに流れる大川に漁船と中洲とを配し、その中洲に柳と鶯とを配して、一幅の春景色とした趣である。かうした南画の世界にもかよふ風景もまた、道人の望郷の思ひのなかに浮んでゐたのであらう。

昭和六十一年一月、會津八一記念館に設けられた秋艸会は、道人の業績を啓蒙普及させるための活動を始めた。その会員の中に秋艸会の事業として道人の歌碑を建てようとの声があり、昭和六十三年十一月、菩提寺たる瑞光寺に催された道人三十三回忌法要の日に、やうやくその話が具体化されることになつた。発起人各位は『鹿鳴集』に載る望郷の歌一首を選んで、石に刻むこととしたのである。

ふるさと　の　ふる江　の　やなぎ　はがくれ　に　ゆふべ　の　ふね　の　もの　かしぐ　ころ

乙酉九月十日於清行菴秋艸道人録旧製一首

ふるさとの、ふるびた川辺の柳よ、その葉隠れに、夕方の船がなにやら食物をつくるころよ、の意。作者の郷里新潟の街を信濃川が流れる。現代の賑やかな整然とした川辺とは違つて、大正時代には「もの古りたる水辺」が多かつたことであらう。季節は明らかではないものの、この一首は晩春の空気に包まれてゐるやうに思はれる。青やかな柳が水辺に繋り立ち、その葉隠れの岸につながれた船があつて、をりしも夕方が迫る川面に煙を漂はせてゐる。米か麦かは知らず、それを「もの」と表現して、その貧しい食事を作るための火が小さな漁船の上に燃える夕暮れ時の風趣を、しつかりと据へてゐる。うす紫に川面をなびく細い煙は、風の向きが変れば垂柳の枝にもつれて、やがて晩春の空に消えてゆくのである。離れて久しい故郷の川辺の夕暮れを思ふにつけても、道人の胸には望郷の煙が静かに立ちのぼつてゐたのであらう。作者は自註して、

ただ「ふるさと」「ふる江」「ふね」と、おのづから口調を成せるは、寧ろ偶然なり。

と述べてゐるが、そこに見られる「ふ」の頭韻は、この一首の風趣と不可分のも

のであり、短歌における音楽性を重んじた道人の作風の、おのづからなる姿であつた。この一首にしても製作の年次は不明であるが、その碑陰には

この歌は　昭和二十年乙酉九月十日　養女キイ子供養のために　中条町から瑞光寺に詣で　帰路伊藤辰治氏の茶室清行庵で揮毫された

と刻まれてゐる。

この歌碑の材石には新潟県中魚沼郡津南町見玉に産する見玉石（安山岩）が用ゐられることになつた。高さ一米四十糎、幅一米七十糎の巨岩で、新潟高等学校歌碑（ふなびとは）と同じ材石である。これが瑞光寺の道人の奥津城と五米余を隔てて、ほぼ向ひ合ふところに建立されたのである。

秋艸会の会員が寄せ合つた資金によつて成る道人の歌碑第二十五基は、平成元年（一九八九）六月四日に除幕された。

（追記）
この歌の舞台を大川（信濃川）の川辺と考へたのであるが、それを市中の堀のほとりとすべきであらうと再考した。湊八枝氏が「秋艸」第十七号（平成十四年八月）に次のやうに述べられたことに依るのである。

昔の新潟は、信濃川から水を引いた堀が何本かあったが、現在は埋め立てられて往時の面影はない。

この歌をよむと、西堀の水上生活者の姿が、舟からのぼる一筋の煙と共に、涙の出る程の懐かしさを伴って蘇ってくる。船を住居とする家族の、夕餉の仕度であろうか。

この歌碑に続けて、秋艸会では新潟市西海岸公園に第二十六基の歌碑を建立した。その歌は昭和二十一年十二月の「松の雪」五首の第二首である。

新潟県の県庁舎が所をかへて新築され、昭和六十年六月の初頭に開館式が挙行された。これに伴つて信濃川にあらたに千歳大橋が架けられ、県庁舎の開館に先立つ五月二十一日に渡初めの式があつた。この大橋の建立者新潟市は、欄干の一部に名誉市民會津八一の歌をブロンズの陽鋳を以てはめ込むこととし、その製作を東京前田屋外美術研究所に依頼したのである。歌は『鹿鳴集』に載る「望郷」七首の第四首である。

よを　こめて　あか　くみ　はなち　おほかは　の　この　てる　つき
に　ふなで　す　らしも

格別に難解な語もないが、敢へて注記すれば「あか」は佛に対する供物、佛に供へる水を意味するほかに、船底にたまる水をいふことがあり、ここはその意味である。作者道人の自註に従つて言へば、前夜を遅くまで、船底にたまつてゐる水を汲み捨てて、大川に照る月明のもとに船出をするらしいよ、といふ歌である。新潟市のあたりでは、人々は信濃川を大川と呼ぶ。その大川の岸辺にあつて出漁の準備に余念なき漁民の姿も心意気も、第二句までによく表現されてゐる。船から捨てられた水が川面を動かして、月の光も揺れる趣である。やがて漁船は大川から海に舳を向け、勇躍して船出をする。月光を浴びつつ水脈をゆく漁船の影は作者の念頭に明るく描かれてゐるのであつた。清明な風趣のなかにも動きと緊張感とが加はり、道人の望郷の思ひは、この隙のない一首に凝縮したのである。

この望郷一連七首は「いつの頃よりか大正十四年七月に至る」間の作であり、道人がいつどこで詠んだかは明らかではないが、故郷の大川に月光が輝き、そのなかを敢然として荒海に出ようとする漁船の姿は、常に道人の心に宿つてゐたのであらう。白玉楼に移り住んで三十年に近いときに、わが歌が故郷の新しい大橋を飾つたことは、道人の魂にとつて大きな喜びであつたはずである。

道人の歌碑はこれまでにすでに二十一基をかぞへ、それらすべて石文であるが、この第二十二基は金文であつて、その点では八栗寺の鐘銘に類似してゐる。原本は會津八一記念館にあり、縦二十糎横十五糎の薄紙に書かれた道人の自筆であるが、署名を欠いてゐる。これを写真に撮り拡大して、縦八十三糎横五十九糎の歌碑としたのである。執筆の年月を明らかにしがたい。

ここに千歳大橋歌碑について筆を執るにあたり、治雅樹氏ならびに多田秀夫氏から教示をいただいた。記して謝意を表する。

秋艸道人會津八一は戦火に追はれて東京をのがれ、昭和二十年四月三十日に飛行機によつて帰郷した。その夏七月、養女キイ子を失つて慟哭し（『寒燈集』所載の「山鳩」二十一首、結城信一『石榴抄』など参照）、傷心はいよいよ深かつたのである。しかし、十月には増田徳兵衛の厚情に頼つて奈良を訪ね、新薬師寺の歌碑の前にも立つことができた。そのころ親戚の娘中山蘭子を養女に迎へ、やがて越年して三月には京都大丸に個展を催し、六月には坂口献吉の懇請を容れて「夕刊ニイガタ」の社長に就任した。

かくて再起した道人は、その翌月、北蒲原郡中条から新潟市南浜通二番町なる伊藤文吉別邸の洋館に居を移し、ここを「南浜秋艸堂」と名づけて、晩年十年の郷土における文化活動の拠点としたのである。

この伊藤邸の日本庭園に道人の歌碑がある。それは道人に傾倒してゐた伊藤文吉によつて昭和三十年十一月に建てられた。歌は『鹿鳴集』所載「望郷」七首の第五首である。

かすみ　たつ　はま　の　まさご　を　ふみ　さくみ　か　ゆき　かく　ゆき　おもひ　ぞ　わが　する

北国の浜辺にも春が訪れ、うすらかに霞が立つ日もある。その霞の中に砂を踏みわけて、行きつ戻りつしながら物思ひにふけるのだ、と言ふ。砂を踏む音のかそけさも聞えてくるやうな静かな調べに、前進を志す力もまた潜むかと思はれる。身はふるさとの潮の香に包まれ、うららかに明るい春の砂浜にありながら、心にはこれからのわが学問のこと、わが藝術のことなどがうす昏く渦巻いてゐたのではあるまいか。この歌は大正十四年七月以前の作、即ち学位論文成立以前の作であり、もし大正十四年春の作とすれば、それは『南京新唱』を世に問うた直後の時期でもあつたのである。「おもひ」の内容は深く複雑であつたと考へられる。

この歌碑が建立されてから一年の後に、道人は逝去した。道人が起居した洋館の窓からは、庭の築山の木蔭に立つ歌碑が、いつも見えてゐたはずである。即ち歌碑は道人の最晩年の一年を、道人と共にあつた。閑静な庭を雉子が歩む。そのかすかな足音を聞くにつけても、ふるさとの浜を歩む道人の足音が、耳の底によ

みがへるかのやうである。（実際の建立は昭和三十一年の夏か）

昭和五十年の春に會津八一記念館が開館し、道人の遺品、遺墨などを保管展示するやうになるまでは、伊藤邸即ち北方文化博物館新潟分館は、道人の記念館としても機能してきた。いまも二階の座敷にかかる道人の扁額「潮音堂」はその名残りであり、庭園の歌碑と共に道人の遺芳を漂はせてゐる。

碑陰には伊藤文吉による漢文の銘あり、碑石は京都鴨川の自然石、刻は佐久間昌一である。

すべ　も　なく　みゆき　ふり　つむ　よ　の　ま　にも　ふるさとびと
の　おゆ　らく　をし　も

東京にも冬が来ると、故郷新潟の冬景色が思ひやられた。その故郷の冬は「すべもなくみゆきふりつむ」冬であつた。故郷の野山に雪が降りつもる夜の間にも、そこに住む人々はひつそりと年老いてゆくことであらう、と言ふ。それを惜しむ思ひである。

万葉集には翡翠と愛する人とを重ねて、その人が年老いてゆくことを惜しむ歌がある。

渟名川《ぬなかは》の　底なる玉　求めて　得し玉かも　拾《ひり》ひて　得し玉かも　あたらしき　君が　老《お》ゆらく惜《を》しも

（巻十三・三二四七）

これは越《こし》の国姫川《ひめかは》（糸魚川の西）の歌で、道人の念頭にはこの万葉の翡翠の歌があつたのかもしれない。「老ゆらく」は老いることの意で、後世には「老いらく」と言ふやうになつた。松本清張の推理小説『萬葉翡翠』を参照されたい。

みゆき　ふる　こし　の　あらの　の　あらしば　の　しばしば　きみ　を

おもは　ざらめ　や

前歌にもこの歌にも見える「みゆき」について、道人の自註は次のやうに言ふ。

ただ「ゆき」といふこと。「み」は接頭語。「深雪」とあて字して、深き雪と解し居る人多きも、それは当らず。

この「み雪降る越の荒野の粗柴」、これは道人が上京して早稲田に学ぶやうになるまで、冬が来るたびに見ることができた風景だつたのであらう。それを序詞として「しばしば」に続け、その故郷にある人をなつかしく思はずにはゐられない、と言ふのである。「あら」をくりかへし、「しば」をくりかへして巧みな諧調を見せてゐるが、きびしい寒さのなかに故郷の冬を生きる人が、道人のまなかひにたつ趣である。万葉集の歌に

国栖《くにす》らが春菜《わかな》採《つ》むらむ司馬《しば》の野のしばしば君を思ふこのころ

（巻十・一九一九）

とあり、これを念頭においた作であるらしいが、その大和吉野の春を、道人は越後の冬に移して、「しばしば君を思」ふ情を詠んでゐるのである。

島田修三氏は吉野秀雄の歌について次のやうに言はれる。

青年時代から愛読した万葉集は歌人吉野の自家薬籠中のものとなりおおせていて、彼の作歌における語彙から語法・表現にいたるまで、おのずから万葉の言語的パラダイム（paradigm、典型の意、山崎注）が現れたと考えるのがいい。万葉的なものは吉野短歌のそうしたテクストの表層のみにとどまらず、吉野秀雄という歌人に確固として内面化あるいは肉化しているところがある。

（會津八一記念館特別展図録）

これは吉野秀雄のみならず、その師秋艸道人會津八一の歌にも一段と明らかにあてはまることである。また、會津吉野の両者が良寛に寄せた愛好ともかかはることであるが、それについてはいま詳しくは述べない。

第五章　旅　愁

この「望郷」七首の次には、『會津八一全歌集』では、「斑鳩」十二首をはさんで「旅愁」十九首が続いてゐる。これは明治四十年八月から大正十五年一月に至る間の作であり、ところどころに旅に出たときの感懐が十九首の歌となつてゐる。以下それにとりかかる。

からまつ　の　はら　の　そきへ　の　とほやま　の　あをき　を　みれば
ふるさと　おもほゆ

そもそも秋艸道人會津八一にとつて、故郷新潟を離れて東京に住むやうになつたこと自体が、長い旅に出たことであつた。その東京をしばらく離れて長野、千葉、神奈川、愛知、滋賀、奈良、京都などに出向くことは、旅からさらに旅に出ることであつて、その旅の空にあるときに、道人の胸には故郷に寄せる思ひが湧くこともあつたのである。

道人は「そきへ」に自註して「遠く離れたる彼方」と言ふ。近景に落葉松の林があり、遠景には青い山々が見える。その青々として北に重なる山の彼方に、道人の故郷新潟があつた。詞書は「軽井沢にて」である。

むらびと　が　とがま　とり　もち　きそひ　たつ　あした　の　はら　に
きり　たち　わたる

この歌は詞書に「越後の中頸城に住めるころ」とあり、中頸城の自註には

新潟県西南部の郡名。作者は明治三十九年（一九〇六）の秋より、この郡の板倉村大字針といふ所にある有恒学舎の英語教員として赴任し、四十三年（一九一〇）八月まで留まれり。

と見えてゐる。すなはち、道人は針において四年の春秋を送つたのであり、この歌以下の三首は、その間の産と考へられる。

板倉は信越本線新井駅の東にひろがるところであり、南に山が迫るとはいへ、古くから美田が多く、秋には稲の穂が一面に波うつ農村であつた。その稲穂はすべて人の手によつて刈りとられる。立ちこめる朝霧のなかに勤しむ農夫たちの姿、ときをり光る鎌の動きなどを捉へた歌である。十音に及ぶ夕行音の響きがよく聞えてゐる。

さよ　ふけて　かど　ゆく　ひと　の　からかさ　に　ゆき　ふる　おと
の　さびしく　も　ある　か

明治時代の板倉の、さびさびとした農村の夜、その冬の暗い夜、門前を通る人の唐傘に牡丹雪が降りかかつて、かすかな音がした。ほかには音もない世界に聞える音のさびしさが、道人の孤独なさびしさをかき立てたのであらう。身にしみるやうな寒さとさびしさのなかで、唐傘に降りかかる雪の音を聴いてゐる道人の姿が見える。

道人が愛用した「二重まはし」なるものは、いまや日本人の生活から失はれてしまつた。それは日本文化の一端が消え去つたことであり、「からかさ」がいまの日本人の生活から失はれたこともまた、日本文化の一端が消え去つたことであつて、この「さびしくもあるか」といふ道人の詠嘆に、二重まはしをも唐傘をも失つたさびしさを重ねる所以である。ここはどうしても蝙蝠傘ではなく、唐傘でなければならない。しかし、これはもはやいまの若い人々の理解を越えることになつたらしく、そこにもまた一種のさびしさがある。

よるべ　なく　おい　に　し　ひと　か　やまかげ　の　をだ　の　はすね　を　ほり　くらし　つつ

板倉村針の生活において、道人は農村の種々相を見てゐたはずである。そこには、山陰の田に黙々として蓮根を掘る老人の姿もあつたのであらう。身寄りもないままに、蓮根を掘るといふきびしい労働をしながら老いた孤独な境涯を、わが身の孤独に重ねたのでもあらうか。

本来の日本語においては、旅《たび》は家《いへ》に対して言ふ語であつた。住んでゐる所、住《すみ》処《か》を離れること、住処を離れてゐることを旅と言つたのである。従つて、たとへば大伴家持は越中守に任ぜられ、五年ほどの歳月をいまの富山県高岡市にある官舎に住んでゐた。それは奈良のわが家を離れてゐた歳月であり、その高岡の官舎にあつて国府に出勤してゐた五年の歳月は、そのまま家持にとつて旅だつたのである。また、中臣宅守《なかとみのやかもり》が越前国に流罪となり、その配所にさびしい月日をすごしたとき、その配所、いまの福井県武生市の配所における生活は、そのまま宅守にとつて旅であつた。秋艸道人會津八一の針における四年ほどの歳月もまた、道人の意識においては旅であつたに相違ない。さればこそ、以上三首の針における歌を「旅愁」十九首のなかに置いたのであらう。

かくて、道人は旅といふ語の意味をその本義において捉へてゐたらしく、それは後掲の挽歌にもよく現れてゐる。

しまかげ　の　きし　の　やなぎ　に　ふね　よせて　ひねもす　ききし
うぐひす　の　こゑ

この歌の詞書に「信濃の野尻なる芙蓉湖に泛びて」とあり、自註には「野尻に芙蓉湖（俗ニハ野尻ノ池）あり、その中央に島あり」と見える。道人は大正二年（一九一三）八月二十二日に野尻湖に遊んだ。澄んだ湖面を渡る涼風に、弁才天を祀る小島の柳も揺れてゐたことであらう。この北国の湖には、すでに秋の色が立ちはじめてゐたかと思はれるが、そこに鶯がしきりに鳴いて、旅人會津八一の耳を楽しませてゐたのである。その声を回想する穏やかな調べである。後続する篠島の歌は前年（大正元年）の作で、そこに見られる「ひねもす鳴きし猫の子の声」といふ措辞が、ここでは「鶯の声」として活用されてゐる。

みすずかる　しなの　の　はて　の　くらき　よ　を　ほとけ　います　と
もゆる　ともしび

野尻湖をあとにした道人は、信越本線によってその翌日に帰京した。そのとき
に夜行列車の窓から長野の街の灯火を望み、その灯火のなかに善光寺の灯火を思
つたのか。詞書に「汽車より善光寺をのぞみて」とあり、遠い灯火を包む闇のな
かに、道人は善光寺の本尊阿弥陀如来像を思つたのでもあらうか。

蒸気汽関車に牽かれた夜行列車の車内には、うす暗い電灯のもとに、一種のさ
びしさが漂つてゐた。そのさびしい座席にあつて、慈悲にあふれた佛の姿を想見
する道人のまなざしには、ほのかなぬくもりが生れてゐたはずである。

すでに「山中高歌」の序歌に「しなの」あり、それがまた登場したので、ここ
で「しなの」について少々補足する。和語「しなの」に漢字を宛てるにあたり、

その「しな」に信を宛てることができたのは何故か。若狭国小浜に妙玄寺あり、その住僧義門《ぎもん》が文化五年（一八〇八）に稿了した研究書に『男信《なましな》』がある。この書名は、十世紀前期に成立した辞書『和名抄』に、上野国利根郡の「なましな」といふ郷の名に「男信」といふ漢字を宛ててゐることに由来する。

漢字は一字が一音節をあらはす。その一音節は頭子音と韻とに分れる。その韻の終りの音が韻尾であり、それが撥音であるときは、そこに母音を加へて日本語を表記したのである。

　　独鴨念（n-em-u）～ひとりかもねむ

　　難波津（n-an-i）～なにはづ

頭子音がn、韻がem、an、それに母音u、iを加へてゐる。右に万葉集から例示したやうに、漢字における撥音の韻尾がmである場合とnである場合とは、はつきりと区別されてゐた。――撥音の韻尾には、このほかにngがあるが、いまは省く――男はn-amであり、信はs-inであるゆゑに、それに母音を加へたnama、sinaといふ形の二字を並べた男信を以て、和語の地名「なましな」を表記することができたのである。かくて信濃の訓は「しなの」である。義門の著『男信』はムとンとの区別を明らかにした研究であり、その数々の好著のなかに、この『男信』も光つてゐるのである。

いま福井県小浜市広峯の妙玄寺には義門の墓があり、顕彰碑が建てられてゐる。福井県が生んだ優れた国語学者としては、義門のほかに橋本進吉（一八八二〜一九四五）があり、その顕彰碑は敦賀市結城町の西小学校に建てられてゐる。

のの　はて　に　てら　の　ともしび　のぞみ　きて　みち　は　やまべ
に　いらむ　と　する　も

この歌に註して道人は「善光寺平と名づくる平野ここに尽きて、道は信越国境の山路にさしかかるなり」と言ふ。そこで、この歌は北行する信越本線の車中における詠作といふことになる。善光寺平を汽車が進むにつれて、夜の闇を照してゐた大寺の灯火も次第に遠ざかり、鉄路は上り勾配となつた。常に道人の胸に棲む越後は、その郷愁を乗せた夜汽車の行手に迫つてゐたのである。

かすみ たつ のべ の うまや の こぼれむぎ いろ に いづ べく
もえ に ける かも

春霞がたちわたる野辺に廏舎があり、そこには馬に与へた飼料の麦がこぼれてゐた。その「こぼれむぎ」が芽ぶいて、若緑の色を見せてゐたのである。詞書に「習志野にて馬に乗り習ふころ」とあり、自註には「騎兵聯隊へ乗馬の練習に赴きし頃の作なり」と言ふ。小さな「こぼれむぎ」の芽ぶきといふ一点に、ひろびろとした習志野の春を集約した佳品である。道人は「村荘雑事」の歌

うま　のる　と　わが　たち　いづる　あかとき　の　つゆ　に　ぬれ　たる　からたち　の　かき

に自註して、

早朝午前六時より始まりし市谷なる士官学校の練習に間に合はんとて、毎朝四時に村荘の門を出でたり。中国内地の旅行をなさむとて、その用意のために乗馬の稽古を始めたるなりき。その頃は彼の地にはバスなどの便は無かりしなり。

と述べてゐる。植田重雄氏の『會津八一短歌とその生涯』によれば、昭和十二年（一九三七）、北支派遣軍司令部に大同石佛の保護を訴へて成功した功労者は、直接には安藤更生であり、間接には會津八一であつた。この大同石佛をはじめ、中

国の古代の遺跡や美術を身を以て実見調査することは、秋艸道人會津八一の長年にわたる念願であつて、そのときに備へて乗馬の練習に努めてゐたのである。しかし、戦火はこの道人の念願を拒んだ。戦後半世紀を経て西安（唐の長安）の遺跡や美術を巡つたとき、わたくしの胸には道人の見果てぬ夢がひろがり、貧しい旅情ではあつても、それを道人に報告したいといふ思ひがあつた。本書の末尾に「西安旅情の歌」を掲げ、文中三たびに及んで會津八一の名をしるした所以である。

なほ、道人の乗馬については、本書第二章「山中高歌」第九首「たにがはの」の項を参照されたい。

いそやま　や　けさ　みて　すぎし　しろうし　の　くさ　はみて　あり
おなじ　ところ　に

明治四十年（一九〇七）八月、有恒学舎の夏休みに、道人は千葉県勝浦に遊んだ。この歌の詞書に「勝浦の浜にて」と言ふ。磯山の草原に放牧されてゐる牛が草を食べてゐる。それは今朝がたに見た姿そのままで、所も同じなのである。海の風がゆるやかに吹きとほるなかに、緑の草と白い牛とをめぐつて、時が止つたかのやうな静けさがあつたのであらう。そこにはほのかな旅情も漂つてゐる。

みなぞこ　の　くらき　うしほ　に　あさひ　さし　こぶ　の　ひろは　に
うを　の　かげ　ゆく

これも前歌と同じころの勝浦における作であらう。あるいは大正元年（一九一二）十一月か。その海に船を出し、海中の昆布や魚の動きに朝の光が届く様を楽しむのである。この歌の調子は「南京新唱」における「地獄谷にて」の歌と酷似

して

いはむろ の いし の ほとけ に いりひ さし まつ の はやし に めじろ なく なり

道人の初期の詠風が磨かれないままに残つてゐるといふ印象がある。如何。

なづみ きて のべ より やま に いる みち の みみ に さやけき みづ の おと かな

詞書に「塩原温泉途上」とあり、大正五年（一九一六）五月か、あるいは大正八年五月かの作であらう。遠い道を行き悩んできて、やがて山路にさしかかる。そのときに聞えてくるものは、さやかな谷川の音だつたのである。初夏の山路の暑さのなかに、その谷川の音はさながら涼風の音でもあつた。第四句の「みみに

さやけき」は、三十年を経て昭和二十一年十二月の「松の雪」第二首

みゆき　つむ　まつ　の　はやし　を　つたひ　きて　まど　に　さやけき
やまがら　の　こゑ

に再現したかの感がある。自註には万葉集の歌「父母に知らせぬ子ゆゑ三宅道《みやけぢ》の夏野の草を菜積来鴨《なづみくるかも》」（巻十三・三二九六）を引く。この「なづみきて」の歌には「み」音がよく響いてゐる。

かぜ　の　むた　ほとけ　の　ひざ　に　うちなびき　なげく　が　ごとき
むらまつ　の　こゑ

これは明治四十年から大正十五年にかけての詠作「旅愁」十九首の第十二首である。詞書に「鎌倉長谷のさるかたに宿りて」とあつて、宿泊先を明らかにしが

たく、時は明治四十五年五月（三十二歳）あるいは大正四年五月（三十五歳）のいづれかと思はれるが、これも明らかではない。

これは鎌倉の大佛を詠じた歌であらうが、大佛を正面から捉へたのではなく、主題は松風の音である。むらまつ、すなはち松の林に鳴る海風の声が「ほとけのひざに　うちなびき　なげく」が如くであると言ふ。あたかも松の大木が巨像の膝に倒れ伏してその慈悲を乞ふかの如き印象を与へてゐる。第二句「ほとけのひざに」が秀逸で、よくその巨像をも描き出すのである。短歌では助動詞「ごとし」の使ひ方はむづかしく、平凡な表現に陥りやすいのであるが、道人においてはそれが難点とはならなかつた。その位置が第四句であるときに最も安定することを、道人は知つてゐたのであらう。道人の歌にはその例が多い。

なほ、『渾齋随筆』の「観音の瓔珞」の末尾に、道人は次のやうに述べてゐる。

むかし、ある人は、鎌倉の長谷にある、あの定印の大佛をみて、お釈迦様は美男子だといふ歌を詠み、あとでまた、阿弥陀さんに詠み直されたとか聞いてゐる。釈迦でも、弥陀でも、如来の顔は似たものであるし、『吾妻鏡』の筆者なども、まちがつてゐるくらゐだから、其時さう見えたのならば、またそれもよからう。

これは与謝野晶子が釈迦牟尼は美男におはすと詠んだことを許容する態度であるが、釈迦と阿弥陀との相違をその印相によつて判別するだけの知識が、与謝野晶子にあつたかどうかは、また別の問題であらう。鎌倉長谷の大佛像は、弥陀定印（上品上生印）を結んだ阿弥陀如来像なのである。

この大佛の造立については不明不審なことがある。會津八一が「まちがつてゐる」とした『吾妻鏡《あづまかがみ》』（一一八〇から一二六六に至る鎌倉幕府の日記体史書）を見ると、寛元元年（一二四三）六月十六日の条に

深澤村ニ一宇ノ精舎ヲ建立シ八丈餘ノ阿弥陀ノ像ヲ安ジ

とあり、浄光といふ僧の六年に及ぶ勧進によつて成つたと言ふ。ところが、建長四年（一二五二）八月十七日の条には、

深澤ノ里ニ金銅ニテ八丈ノ釈迦如来ノ像ヲ鋳始メ奉ル

としてゐるのである。さうすると、浄光の勧進による大佛は木造の阿弥陀像であつたらしく、それを九年後に金銅の釈迦像に改めるべく鋳造を開始したのであらうか。この金銅像が現在の阿弥陀如来像であるとすれば、『吾妻鏡』建長四年の記事をさして、會津八一は「まちがつてゐる」と言つたのであらう。

このいはゆる鎌倉大佛、浄土宗高徳院の大佛は造像以来堂内に祀られてきたが、明応四年（一四九五）からは露坐となつたらしく、後世の歌にも

極楽寺坂　越えゆけば
長谷観音の　堂近く
露坐の大佛　おはします

と言つてゐる。『吾妻鏡』の記事を引いたことにつき、柏谷嘉弘氏から御教示をいただいた。しるして感謝の意を表する。

大正元年（一九一二）の夏八月、三十二歳の秋艸道人會津八一は世良延雄を伴ひ、奈良へ旅立つた。その途中名古屋の義弟桜井天壇宅に立寄り、その七日に篠島に渡つた。この島に滞在すること三日あるいは四日を追憶した歌が『鹿鳴集』所収の「旅愁」に見えてゐる。すなはち「尾張篠島をおもふ」と題する二首の作である。第二首の「きみ」は世良延雄を指し、「ととせへにけり」とあるところから、道人四十二歳ごろまでの作と推定される。

まど ひくき はま の やどり の まくらべ に ひねもす なきし
ねこ の こ の こゑ

きみ　と　みし　しま　の　うらわ　の　むし　の　ひ　の　まなこ　に
ありて　ととせ　へ　に　けり

この第一首が石に刻まれ、道人の歌碑としては初めて愛知県に建てられることになつた。昭和六十年名古屋の早春、南知多町観光協会篠島支部長河合源氏（筆名いずみ、ギフヤ旅館社長）は、初対面の内田フミ子刀自（名古屋市在住）から、會津八一といふ歌人に篠島の歌があることを教へられた。以来、種々勉強されて道人に寄せる思ひを深くし、遂には篠島に歌碑を建てようと決意されるに至つたのである。しかし最大の難関はこの歌に道人の墨蹟を欠くことであつた。河合氏の言によれば、道人が習字の手本にしてゐた明朝書体を刻字するほかはあるまいと判断し、計画を進めたが、會津八一の血の通つてゐない明朝活字に気のりせず、心のどこかに迷ひがあつた由である。然るに、たまたま道人の歿後三十年を記念する「會津八一展」が開催（昭和六十一年八月二十二日〜九月一日）され、その会場小田急グランドギャラリー、新宿店長星野京氏が道人の墨蹟「まどひくき」を所蔵されることを知つて雀躍し、星野氏の厚意と中山共之氏（會津八一著作権者）の協力を得て、理想的な建碑計画を進められたのであつた。

右の「會津八一展」の主催者代表は故長島健氏であつた。その長島氏がそこに展示される星野氏所蔵の掛軸に「尾張篠島をおもふ」があることを知り、前以て相談を受けてゐた中山氏にそれを急報した。その急報が中山氏から河合氏につたへられ、歌碑建立に結実したのであつた。これはいまは亡き多田秀夫氏が長島氏の直話として、平成十年五月にお寄せくださつた書簡に述べられたことであり、これをどこかに書いてほしいといふお気持を、わたくしは行間に読みとつてゐたのである。

九十年のむかし、三河湾頭篠島の夏の海辺に質素な旅宿があり、その低い窓が砂浜に臨んでゐた様を、「まどひくき　はまのやどり」といふ表現がよく示してゐる。窓に近く枕を置いて午睡の夢に出入りする道人の耳には、仔猫の声が絶える間もなく聞えてゐた。潮騒をはこぶ海の風のなかに、猫の仔の哀切な声は強い印象を道人の心に残したのであらう。当時の道人は腎を病んでゐた。わが多才の開花を遠い将来に描く青年の憂愁は、仔猫の声と相重なるものであつたか。第一句第三句に「ま」の頭韻を踏み、第五句に「こ」と「の」とが織りなす音調があつて、一首全体の趣を深くしてゐる。

篠島の北端に近い北山公園に伊予青石の巨岩が据ゑられ、それに嵌め込まれたアフリカ産の黒御影石に歌が刻まれた。刻は鈴木勝治郎氏である。

篠島の夏の夜、渥美湾の静かな海面に夜光虫の青白い微光が点在して、道人の旅愁を誘つてゐた。月明の夜には光の帯が三河の海を渡る。その印象も捨てがたいのであるが、ここでは夜光虫のかすかな光が十年を経たいまもなほ眼底にあると言つて、忘れがたい印象を詠むのである。「うらわ」については「放浪唫草」の「鞆の津にて」の項に述べた。自註に「むしのひ」を夜光虫としてゐる。

みづうみ　の　きし　の　まひる　の　くさ　に　ねて　きみ　が　うたひ
し　うた　は　わすれず

この歌の詞書には「滋賀の都の址に遊びて後に同行の人に送る」とあるが、その年月も同行の人をも明らかにしがたく、また「きみがうたひしうた」がどのやうな歌であつたのかも明らかにしがたい。しかし、直前に見える篠島行の旅が京都、宇治、大津に及んでゐることから考へて、これも大正元年の西遊の産であらうと推定される。この推定が正しいとすれば、同行の人とは世良延雄であつたことになる。その世良が口ずさんだ歌は、かの有名な第三高等学校の「琵琶湖周航の歌」

われは湖《うみ》の子　さすらひの
旅にしあれば　しみじみと
昇る狭霧《さぎり》や　さざなみの
滋賀の都よ　いざさらば

かとも思はれるが、この歌の成立時期を大正七年とする説が有力である。あるいは

ささなみの国つ御神《みかみ》の心《うら》さびて荒れたる京《みやこ》見れば悲しも
（万葉集、三三、高市黒人）

のやうな万葉歌であつたのかもしれない。「みづうみのきし」はおそらく崇福寺（万葉集一一四左註参照）の麓のあたりだつたのであらう。

まばゆく光る大湖の岸辺に夏草が茂つて、道人の旅情をかき立ててゐたことで

あらう。そこに若い世良の歌声が流れて、忘れがたい旅の一齣となつたのである。

いそやま　の　あをばがくり　に　やどり　して　よる　の　うしほ　を
きき　つつ　か　あらむ

この歌の詞書には「讃岐の海岸寺にやどりて病める北川蝠亭によみて送る」とあり、自註には蝠亭を簡潔に紹介してゐる。作歌の時期は大正十二年（一九二三）と推定される。歌中に「あをばがくり」と言ふので、季節は夏なのであらう。旅中に病む蝠亭が瀬戸内海の夜の潮騒に耳を傾ける姿を思つてゐる。道人はみづからのさびしさが深いゆゑに、蝠亭のさびしさ、蝠亭の旅愁をも深く思ひやつたのであらう。

北川蝠亭については、多田秀夫氏の研究を見るべきである。「南京会報」第十二号（一九九一年六月刊）に載せられた多田氏の稿を、長文ではあるがここに抄録し、あらためて御冥福を祈り奉る。多田氏は多忙な医業のかたはら篆刻に精進し、すぐれた境地に到達された。遺著に『多田秀夫朱跡集』がある。なほ、多田氏については小著『會津八一の歌』のあとがきにも述べた。

蝠亭年譜をみると、大正十一年中国遊学より帰阪後、宿痾に犯され、讃岐の屛風浦の海岸寺に病を養ふ。大正十二年九月、海岸寺より大阪へ帰る。とあり、その時八一が、蝠亭へ病気見舞に送った歌である。

北川蝠亭（三世）は名は藤之助、号は蝠亭及び朱泥。生粋の大阪人である。明治十七年十二月六日　高津神社の畔に生れ、津田家を出て、幼時に二世蝠亭の養子となり、父祖の業篆刻特に陶印の製作に専心した。

青年時代の一時期、明治四十三年大阪毎日新聞社へ入社し、当時同社編集局にいた伊達俊光氏を知り、生涯の支援を受けることになる。大毎は、約一年余りで病のため退社し、本来の家業に戻り、大正元年第一回朱泥会開催。発起人に森鷗外、与謝野鉄幹等。陶印家として蝠亭の名が世に知られるようになる。會津八一とは、明治四十四年頃、伊達俊光を通じて始めて知り合い、八一の該博な藝術上の蘊蓄を傾けてのアドバイスを受け、伊達氏と共に、終生の畏友となる。

尚、八一は蝠亭の印会のために、趣意書を三回（昭和五年、昭和八年、昭和十年）にわたって書いている。いずれも名文をもって、八一の篆刻論の一端を展開しつつ、蝠亭を紹介推賞している。昭和八年六月の「北川朱泥印会趣意書」より抜粋しておく。

「私達はよき印章を獲んために、よき作家の出現を渇望するものであるが、友人北川朱泥君（蝠亭主人）こそ其人である。氏は東洋唯一の陶印家であり、一面には書家であり、画家であり、西洋風の彫塑をよくし、又一面には埃及、希臘、アッシリヤ、メキシコ等の印章の研究にも深い造詣を持たれ、其趣味識見において、又其手腕力量において洵に理想的な現代の篆刻家である。」と推薦し、その発起人も、坪内逍遙、市島春城、高田半峰、小杉放庵、山本竟山、伊達南海、會津八一その他有名人が十名ばかり名を連ねている。

又、蝠亭は中国へは三回（大正十年、十五年、昭和三年）にわたって遊学し、呉昌碩をはじめ、王一亭、徐星州、銭瘦鉄等中国文人と親交を結び、書画、篆刻の益を受けた。尚、呉昌碩を、その書廬に訪ねた時、

缶翁がわれにすゝめしかぎたばこ夢みこゝちにわれは嗅ぐかな

缶翁がわれにすゝめしギヤーマンと琥珀の壺のかぎ煙草かな

などの歌を、八一、俊光に送って、近況を報じている。（尚、蝠亭青年時代の一時、与謝野鉄幹の新詩社に加盟し、作歌に努めたことあり。）

又、蝠亭は元来蒲柳の質であり、昭和十二年十月二日宿痾再発し、伊達氏に後事を托して五十三歳にて逝去された。蝠亭のあとは、甥の大橋泰山氏が引きつがれ、現在も泰山書道院として活動を続けておられる。（多田秀夫）

いかるが　の　わさだ　の　くろ　に　かりほ　して　はに　ねらす　らむ
ながき　ながよ　を

この歌の詞書には「大和安堵村なる富本憲吉の工房に立ちよりて」と見える。富本憲吉については道人の自註にも見えてゐるが、少々補足する。富本は明治十九年（一八八六）奈良県生駒郡安堵村に出生、ロンドン留学を経て大正二年（一九一三）、安堵村の自邸に楽焼窯を築き、陶藝家として本格的な活動を始めた。その工房を會津八一がたづねたのは大正十一年（一九二二）十月の末のことかと推定される。これはそのときの歌であらう。工房のあたりには斑鳩の稲田がひろがり、そこで晩秋の長夜にも作陶にいそしむ富本の姿を詠んでゐる。「わさ」は植物が早く熟する意を表す語で、複合語の前項に立ち、

佐保川の水を塞き上げて植ゑし田を　尼作る　刈る早飯《わさいひ》は独りなるべし　家持継ぐ　（万葉集、一六三五）

さ男鹿の妻呼ぶ山の岳辺《をかべ》なる早田《わさだ》は刈らじ霜は降るとも　（万葉集、二二二〇）

独立語としては「わせ」と言ふ。そこで、道人の母校の名、その地の名を「わさだ」と言はずに「わせだ」と言ふのは、後世の語形であることになる。「はにねらす」の「す」は尊敬助動詞である。

道人は富本の作品に心を動かされた。大正十三年に『南京新唱』を出したとき、そこに富本の作品「大和の百姓家」を載せ（六十ページ左）、その歌集を富本憲吉に贈つたのである。いま法隆寺に程近い安堵町には、富本の生家を修復した

富本憲吉記念館が建ち、そこに會津八一が寄贈した『南京新唱』も保存されてゐる。

みづがめ　の　ふた　の　ひびき　も　うつろ　なる　てら　の　くりや　の　くれ　かぬる　ころ

この歌の詞書には「大和のさるかたにて」とあり、その「さるかた」を自註に「東大寺観音院なりしならむ」と言つてゐる。道人が大正十五年一月以前、明治四十年八月以後に東大寺をたづねたことは、年譜によれば明治四十一年、大正十年、大正十一年の三回であり、そのうちのいづれかのをりに、この歌を詠んだのであらう。

寺の厨ではこれから水甕に水を汲み入れ、夕餉の仕度にとりかかるのである。

その大きな甕には水が少く、空洞が大きくて、蓋を置くと、うつろな響きを立てた。道人の鋭敏な耳がその音を捉へた歌である。「くりやのくれかぬる」といふ音調もよい。

道人はすぐれた聴覚の持主であつた。そのことが歌において音調を重んじることに顕現したのである。道人が音調を重んじたことは、その作品の上によく示されてゐることであるが、その言説にもそれは明らかなのである。たとへば、晩年に従弟の医師中山後郎に歌をよむための心得十四ケ条を贈り、その追記に、

　音調の朗々としてうたふに勝《た》ふるを要することは　毎度申す通りなれば
　右には省略したり

と述べ（口絵参照）、また今井安太郎に宛てた書簡（昭和十五年）にも、

　あまり人のいはぬことなれども　音調を注意することも大切にて候

と述べ、さらに『山光集』の例言に、

もし今の世に、詩歌の音韻声調を軽視せんとする風あらば、その本質上ゆゆしき曲事となさざるべからず。

と述べてゐる。道人はさらにそれに続けて、「著者が常に仮名にて歌を綴るは、深くこの間に思ふところあればなり」と言つた。その「思ふところ」とはなにか。道人はそれを明確には述べてゐないのであるが、卑見によれば、それは音調を書きあらはすこと、音調の美を表記することであり、そのためには「仮名にて歌を綴る」ことが最も有効であると考へたからであらう。古典語による仮名書きの歌に対して、現代日本語は詩語としては未成熟であり、しかも字音語を多用し漢字を多用しては、そこに音調の美を盛ることは困難である。

昭和九年（一九三四）に創刊された詩誌に『四季』があり、それは三好達治、堀辰雄、立原道造、神西清、伊東静雄などの、十数人のすぐれた詩人たちを同人としてゐた。吉田精一『近代日本文学概説』によれば、これは、知性と感性との調和ある古典主義的傾向をとった。一口にいえばこの抒情派は、口語詩の失った音楽をふたたび見いだそうとするものであつた。その活動は惜しくも戦火のなかに失はれ、それから後は、ただの散文をこま切れにして並べたやうな作品が、詩壇の大勢を占めるやうになつたらしい。この『四季』の同人たちとは異なつて、秋艸道人會津八一の挑戦は孤独であつた。歌壇の大勢は歌における音楽性に見向きもせず、文語によつて歌を詠むのに文語文法の勉強もせず、ひたすらに生硬蕪雑の大道を進んできたやうである。

昨日電話である男にひどく憤怒せしためかけさ頭の芯が痛む

これはいまを去る五十年のむかし、当時の歌壇において第一級の歌人であつたらしい人の歌である。ある人がこれを評して、歌だと思ふから腹が立つのだと言つた。しかし、御本人はこれを歌として短歌雑誌に載せてゐる。道人の歌との間のはるかな距離を思はせて、すこぶる象徴的である。

はる　と　いへど　まだしき　れんげわうゐん　の　ひとき　の　やなぎ
もえ　いで　に　けむ

この歌の詞書には「京都東山のあたりをおもひて」とある。明治四十年八月から大正十五年一月の間に、道人が京都にも足を延ばしたことは、その年譜によれば三回、すなはち明治四十一年（一九〇八）八月、大正元年（一九一二）八月、および大正十四年（一九二五）十一月である。これがその三回のうちのいづれの時にもとづく歌か、それは明瞭ではない。しかし、この歌が「旅愁」十九首の末尾に置かれてゐることからも、大正十四年十一月と考へることが穏やかであらう。

道人の自註によれば、蓮華王院は京都市東山区にある妙法院に属して俗に三十三間堂と呼ばれ、長寛二年（一一六四）に後白河法皇によつて建てられた。「堂前に一株の枝垂柳あり。堂に配合して風姿頗るよろし」といふことである。この歌の成立を大正十五年一月と見るべく、新春を迎へたとはいふが、その春は蓮華王院にも浅くほのかであらう、きびしい冬を眠つてきた命が、浅いほのかな春に目ざめて、一樹の枝垂柳は蓮華王院の堂前を薄い緑の色に芽ぶきはじめたことであらう。といふ歌である。その枝がやがて若緑にあふれて春風に揺れる姿も、道人は思つてゐたのかもしれない。

この寺は一般には一月十五日の「通し矢」といふ行事によつて名高い。百メートルに余る長堂を射通す矢の数を競つて、江戸時代に最も盛んであつたといふ。しかし、そのやうな事柄に道人の興味はなかつたのであらう。

この歌を以て「旅愁」十九首が終る。またこの歌を以て明治から大正末年に至る歌がほぼ終ることになり、道人の歌は昭和の時代に移つてゆくのである。

これを以て予定した執筆が終つたのであるが、最後に『鹿鳴集』の末尾に近い

「春雪」十首から一首を選んで、私見を述べることとする。この「春雪」は、道人が叔父の死を悼む挽歌の一群であり、時は昭和十五年（一九四〇）二月のことであつた。

秋艸道人の叔父（母の弟）會津友次郎は、道人にとつて恩人の一人であつた。そのことを当年六十歳の道人は『鹿鳴集』の後記に次のやうに述べてゐる。

> 叔父は幼時より秀才を以て称せられし人にて、田舎には珍しきばかりに、一応和漢洋の学に通じ、読書力もあり、筆蹟も唐様《からやう》にて美しかりき。（中略）そもそも予が中学に入りし頃より、何かといと懇ろに文学の方向に導きくれしは、この叔父なれば、今に至りても深く心に銘記して感謝し云々。

明治の末年に到り、新潟の會津家が没落すると、当主友次郎は故郷を離れて東京に移り、牛込に住んだやうである。上京して後の友次郎の消息について筆者は無知であるが、友次郎の生年を自註に一八六八とするのは一八六五が正しい。これは道人の思ひちがひであらう。昭和十五年二月二日、七十六歳の友次郎が危篤に陥つたとき、道人がその居宅に駆けつけたことは、

二日飛報あり叔父の病を牛込薬王寺に問ふこの夜春雪初めていたるといふ「春雪」の詞書によつて知ることができる。その叔父が永眠して二月六日に葬儀があり、「その夜家にかへりておもふ」歌が、「春雪」第八首以下である。その第八首、

たび　にして　はふれる　たま　や　ふるさと　に　こよひ　かよはむ　そ
ら　の　ながて　を

旅において火葬にしたその人の魂は、長く離れてゐた故郷に向つて、今宵こそ空の長い道筋を帰つてゆくことであらうか。前述のやうに、故郷を離れてゐるこ

とそれ自体が、旅といふことなのであつた。叔父友次郎もまた三十年といふ長い旅の果てに魂となり、故郷新潟をさして夜空の長路を飛びかよふのか、と言ふのである。そこにこそ永久の安息の地があるのだらうと言ふか。死者の魂が天がけるといふことは古代的発想（万葉集一四五、一四八など参照）であり、それをよく現代に活用したところに、敬愛する叔父の死を哀惜する思ひがこもつてゐる。道人は『鹿鳴集』においては叔父友次郎、『山光集』においては元帥山本五十六、『寒燈集』においては養女キイ子に挽歌を寄せた。

道人の自註には「ながて」について

長き路筋。長途。『万葉集』にては、常に「みちのながて」とつづけてのみ用ゐたり。

と言つてゐる。ここにはその六例のうちの二例を掲げておく。

常《つね》知らぬ道の長手をくれくれと如何《いか》にか行かむ糧手《かりて》は無しに　（巻五・八八八）

君が行く道のながてを繰り畳《たた》ね焼きほろぼさむ天《あめ》の火もがも

（巻十五・三七二四）

なほ、道人は叔父の筆蹟が美しい唐様であつたと言つてゐるので、その「唐様」について少々補足する。

江戸時代の書道史によれば、その中期以降に流行した唐様に晋唐派（松下烏石、澤田東江など）、元明派（伊藤東涯、荻生徂徠、服部南郭など）、逸脱派（大雅、慈雲、良寛など）があり、一般に唐様と呼ばれるのは主として元明派であるといふ。會津友次郎の筆蹟もこの元明派に近かつたのであらう。

第六章　西安旅情の歌

一

一九九七年九月の某日、わたくしは北京から西安に向ふ飛行機に身を委ねてゐた。ひたすらに西へあまがける飛行機の下には、層々たる白雲を見るばかりである。そこに遍満する高い秋気を、わたくしは歌にも漂はせたいと思つた。

しろたへの　くもよりたかく　あきかたへ　わたりもゆくか　あきのゆふべを

（白栲の　雲より高く　秋方へ　渡りもゆくか　秋の夕を）

あを（青）には東の意もあり、春の意もある。同様に、第一句の「しろ」には西の意もあり、秋の意もあり、また第三句の「あきかた」は西方の意である。道元の『正法眼蔵』に「秋方《シウハウ》の佛法東漸する」とあり、これを西尾實氏の口語訳は「西の国で盛んになつた佛法が次第に東方へ伝わってきた」とする。その字音語「秋方」を、良寛は西方を意味する「あきかた」といふ和語として用ゐてゐる。

本稿における拙詠は、かな書きを原則として句ごとに切り、字音語のみ漢字によつて表記する。また、漢字を努めて多用する表記を添へることとした。

その夜、西安のホテルに落着いたとき、窓から仰いだ古京の空には、明月が照り渡つてゐた。遠いむかし、第七次遣唐大使を補佐する書記官（遣唐少録）として、山上憶良は大宝二年（七〇二）に大都長安の土を踏んだ。

山上臣憶良大唐《もろこし》にある時、本郷《くに》を憶《おも》ひて作る歌

いざ子ども早く日本《やまと》へ大伴の御津《みつ》の浜松待ち恋ひぬらむ

（万葉集、巻一・六三）

船出した住吉《すみのえ》の浜の松に託して、胸にあふれた望郷の思ひを奏でてゐる。万葉集の歌四千五百首のなかで、外国において詠まれた唯一の歌である。また、第八次遣唐使（養老元年、七一七）に留学生《るがくしやう》として随行した阿部仲麻呂は、在唐三十六年に及んだ。その察するに余りある望郷の思ひは、一首の歌に結晶して、古今集の歌千百首のなかで、外国において詠まれた唯一の歌となつてゐる。

もろこしにて月を見てよみける

あまの原ふりさけみればかすがなるみかさの山に出でし月かも

（古今集、四〇六）

この歌は土佐日記、今昔物語集などにも見られ、さらに小倉百人一首に採られ

て世に流布した。いま西安の興慶公園には仲麻呂の記念碑あり、そこにこの歌も刻まれてゐる。また一九九〇年には江蘇省鎮江にもこの歌を刻んだ歌碑が建てられた。

ことくにの　通辞のくちを　なめらかに　もれいづる　かの　なかまろのうた

（異国の　通辞の口を　なめらかに　洩れ出づる　かの　仲麻呂の歌）

通辞は通訳のこと。これは翌日のことであるが、西安興慶公園の土に立つて、異国の若者の口から流れ出る日本古典語の響きを聞く。その感慨浅からず。また、第十六次遣唐使（延暦二十二年、八〇三）に留学僧《るがくそう》として随行した弘法大師空海あり、その記念碑が西安の青龍寺、五島列島福江島三井楽町の柏崎などに建てられてゐる。

話を古京の明月に戻す。憶良、仲麻呂、空海などのほかにも、長安に到つた古代日本の知識人たちは多数である。さうした人々の胸にあふれた望郷の思ひは、程度の差はあつたとしても、概して深かつたはずである。宿舎の窓に倚りつつ、明月を涙で曇らせた人の姿を、わたくしは思ひ描くのであつた。

長安に　つきすむよはを　そらにみつ　やまとのつかひ　まどのへになく
（長安に　月澄む夜半を　そらにみつ　日本の使　窓の辺に泣く）

第三句「そらにみつ」は日本《やまと》の枕詞であるが、本来は「そらみつ」といふ四音の形であつた。それを五音の形に整へたのは柿本人麻呂であつたか。ここはただの枕詞ではなく、月光が長安の夜空にあまねきさまをも示さうとしたのである。

みかさやま　おしてるつきを　もろこしの　おほぞらとほく　みさけたるきみ

（三笠山　押し照る月を　唐土の　大空遠く　見放けたる君）

三笠山（御蓋山）は奈良京の東にあつて、そこに月が昇る。第二句の「おしてる」は一面に照る意であり、結句の「きみ」は阿部仲麻呂である。頭韻「み」および頭韻「お」を踏む。現代の旅人として、いまわたくしが仰ぎ見る月も、遠いむかしの遣唐使たちが仰ぎ見た月も、ひとしく西安の月であり長安の月なのである。そのゆゑに、わたくしは「見つつ飽かず」にゐた。

もろこしの　ふるきみやこに　てるつきを　とほよのつきと　みつつあかずも

（唐土の　古き都に　照る月を　遠代の月と　見つつ飽かずも）

二

翌朝は、はやく目ざめた。西安の朝を見ようとして窓に倚れば、近々と見えわたる大城壁は、燃えたつばかりの朱に染まつてゐた。唐代の長安城の城壁はすでに無く、いまの城壁は後世の明代に築かれたのだといふ。しかし、その明代の城壁の姿に、唐代の偉容をしのぶことができた。

あまのはら　あさぐもわけて　のぼるひに　大城壁も　あけにもえたつ
（天の原　朝雲分けて　昇る日に　大城壁も　朱に燃えたつ）

右の歌「あ」の頭韻を踏む。この日の午前中は碑林博物館、興慶公園、大明宮含元殿址をめぐつた。碑林には重宝多々、そのなかにみごとな馬の石刻があつた。昭陵、唐の第二代皇帝太宗（李世民）の陵に六駿の石刻があり、それが碑林博物館に保存されてゐる。その六頭の駿馬は太宗の愛馬であり、それが勇躍する姿を石に浮彫りにしたのであつた。大唐帝国創成期の権力者の姿をその鞍上に想見しながら、わたくしは駿馬を見つめてゐた。アメリカに持ち去られたといふ二頭が戻つてきて、六頭が並べられたならば、観る人の感動は一段とふかくなるはずである。わたくしは、かの西域の名馬、汗血馬をも思ふのであつた。

よつのうま　あをぞらのくもを　ふむごとく　ひづめはをどる　いしのおもてに
（四つの馬　青空の雲を　踏む如く　蹄は躍る　石の面に）

あかきあせ　あらのにちらす　いななきも　きこゆるごとき　うまのかたどり
（赤き汗　荒野に散らす　嘶きも　聞ゆる如き　馬の像）

興慶の　そのふにそそぐ　あまつひの　ひかりあまねき　いしずゑのむれ
（興慶の　苑生に注ぐ　天つ日の　光あまねき　礎の群）

この興慶公園には唐代興慶宮の遺構として勤政務本楼の礎石群があり、わづかに玄宗皇帝の足跡をしのぶことができる。そこに陽光が降りそそいでゐた。

大明宮含元殿址に到る。天平勝宝四年（七五二）第十次遣唐使は長安に入り、翌年（唐の天宝十二年、七五三）の元旦に含元殿において玄宗皇帝に年賀を申し述べる席に連なつた。そのとき、新羅の大使の席が日本の大使の席よりも上であつたことを不服として、副使大伴《おほともの》 古麻呂《こまろ》は敢然として唐王朝の高官に抗議を申し入れ、遂にその席を交替させてしまつた。これは続日本紀が伝へる古麻呂の勇姿である。古麻呂が奈良を離れるとき、その壮行会の席で親友多治比《たぢひの》真人《まひと》鷹主《たかぬし》は

韓国《からくに》に行き足《たら》はして帰り来《こ》む大夫建男《ますらたけを》に御酒《みき》たてまつる

（万葉集、巻十九・四二六二）

と詠じた。韓国はすなはち唐である。唐王朝の権威を恐れぬ古代の外交官大伴古麻呂の気骨は、この鷹主の秀作を背景としてゐる。

ふりしきる　やなぎのわたも　ますらをも　みやゐのあとに　しろきまぼろし

（降りしきる　柳の絮も　大丈夫も　宮居の址に　白き幻）

この含元殿を彩つた柳絮も、ますらを古麻呂も、いまその址とされるところに白い幻として見るほかはなかつた。白い柳絮と白い幻とを重ねてゐる。

西安に残る唐代の建築は、大雁塔および小雁塔である。大雁塔は七層から成り、高さは六十四メートル、大慈恩寺の境内に立つ。この寺は唐の第三代皇帝高宗が生母文徳皇后に寄せる報恩のために興した。唐の貞観二十年（六四六）のこ

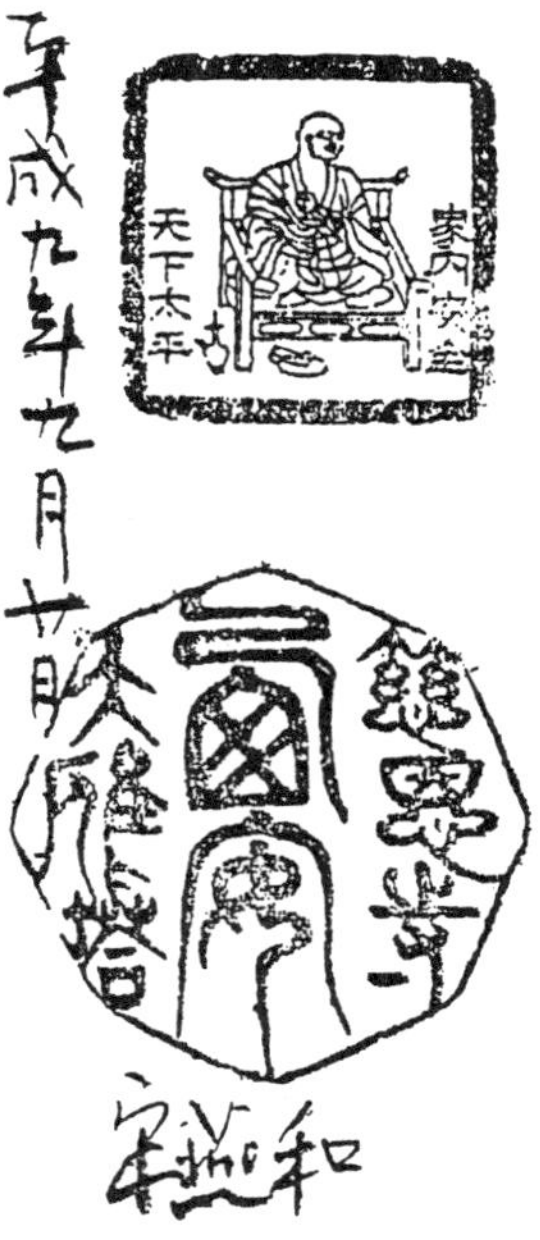

西安慈恩寺大雁塔朱印

とである。その直前に高僧玄奘は大量の佛典を携へてインドから長安に生還し、高宗の庇護のもとに大慈恩寺において佛典翻訳の大事業を進めた。大雁塔はその翻訳した佛典を保存するところとして建立されたのである。胸を躍らせて到れば、サルビアの花に飾られるやうにして、大雁塔は大空にそびえてゐた。

サルビアの　はなくれなゐに　さくあきを　そそりてたかき　大雁《だいがん》の塔《たふ》

（サルビアの　花紅に　咲く秋を　そそりて高き　大雁の塔）

わきいでて　そらにそびゆる　大雁の　浮図《ふと》ふくあきの　すなはらのかぜ

（湧き出でて　空にそびゆる　大雁の　浮図吹く秋の　砂原の風）

唐代の詩人岑参《しんしん》（七一五〜七七〇）には、友人と共に「慈恩寺の浮図に登る」名作がある。五言二十二句の俳律で、いまその冒頭の四句を引く。浮図は塔のことである。

塔勢　湧出するが如く

孤高　天宮に聳ゆ

登臨　世界を出で

磴道　虚空を盤《めぐ》る

――塔勢は地から湧き出るやうに、天上の宮殿として聳え、そのさまは孤高でさへある。塔を盤る階段をのぼれば、俗世界からぬけ出すやうだ――階段を登り終つて最高層に出ると、そこにはすばらしい展望があつた。南には名高い終南山がはるかに望まれ、西から吹く風は遠い砂漠から渡つてきた風であつた。その西のかたに向つて一本の道がまつすぐに地平線まで伸びて、砂色の雲のなかに消えてゐた。シルクロード、それを見たときの感動を、わたくしは忘れることができない。

すないろの　くもにつながる　ひとすぢの　きぬのながぢは　けふみつるかも
（砂色の　雲につながる　一条の　絹の長道は　今日見つるかも）

長安の市街が南東に果てるところが曲江池である。そこは唐代には第一級の景勝観光の地として貴紳が袖を靡かせたらしいが、いまはたづねる人も稀な、さびさびとした村であった。しかし、この曲江地こそは、有名な華清池や兵馬俑坑にもまして、わたくしにとっては、この旅の重要な目的地なのであった。ここに杜甫（七一二~七七〇）の七言律詩「曲江」がある。

朝より回《かへ》りて日日春衣を典し
毎日江頭に酔を尽して帰る
酒債尋常行く處に有り
人生七十古來稀なり
華を穿つ蛺蝶は深深と見え
水に点ずる蜻蜓は款款として飛ぶ
伝語す風光共に流転して

暫時相賞して相違ふこと莫《なか》れ

杜甫は江頭（曲江のほとり）で人生七十古来稀なりと言つた。この年わたくしはまさに七十を迎へてゐた。そのことがこの地をたづねようとした動機の一つであつた。蝶が華の間を縫ふやうにして、見えかくれしながら飛んでゐる。とんぼが水の面をつつくやうにしながら飛んでゐる。そのやうな好風のなかに、しばしば麗人たちの姿も見られた。杜甫はその作「麗人行」の冒頭に

三月三日天気新なり
長安の水辺麗人多し

と言ふ。三月三日の上巳《じやうし》の節句、九月九日の重陽の節句などに、貴族たちは曲江のほとりに盛宴をくりひろげたのである。玄宗皇帝が営んだ芙蓉園、紫雲楼、彩霞亭などが、曲江のほとりに華美を尽してゐたのであらう。しかし、いまの曲江は水も涸れ果てて、池の形を知るよしもなく、草生ひ茂る寒村となつてゐた。

往時のさまを思ひ描きながら立つてゐると、驢馬が荷車を曳いて通りすぎた。麗人たちの羅衣の袖が風になびくかと思はせて、草が秋風にそよいでゐた。

みみたてて　のべゆく驢馬も　とほつよの　曲江のうたを　こひてきかむか
（耳立てて　野辺ゆく驢馬も　遠つ代の　曲江の詩を　恋ひて聴かむか）

曲江の　さざなみそめし　うすぎぬは　うつつになびく　のべのくさばと
（曲江の　さざなみ染めし　羅衣は　現に靡く　野辺の草葉と）

ゆくみづの　かへらずなりて　曲江の　をむらのくさを　あきのかぜふく
（往く水の　還らずなりて　曲江の　小村の草を　秋の風吹く）

曲江池に別れようとして北西のかたを望めば、大雁塔の全容が秋の夕陽を浴びながら、おごそかに聳えてゐた。塔の名に雁と言ふは如何に。それは雁が釈迦のシンボルだからであり、法隆寺金堂釈迦三尊像の台座の内側にも雁の絵が墨書されてゐる。そもそも塔は古代インドの墓の形式が発展したもので、そこに釈迦の遺骨、佛舎利を納めたのであつた。次の歌の「あららぎ」は塔のことである。

大雁の　あららぎたかく　たつそらを　あかねのくもは　ゆるやかにゆく

（大雁の　あららぎ高く　立つ空を　茜の雲は　ゆるやかに行く）

三

次の日には咸陽博物館、乾陵、茂陵などをめぐつた。西安市を出て北西へ行けば咸陽の街に入る。その間約三十キロメートルである。咸陽は秦の始皇帝が咸陽宮を営んだところ、また前漢二百年の都城として栄えた街である。従って、その博物館は秦代、漢代の文物の宝庫であった。もとは明代の孔子廟であったところで、その前庭の石佛に、わたくしの目は引き寄せられてゐた。

ゑにすより　こもれびさして　みほとけの　ゑみほのかなる　咸陽のてら

（槐より　木洩れ陽さして　み佛の　笑みほのかなる　咸陽の寺）

この歌には頭韻「ゑ」がある。咸陽博物館の売店をのぞいたところ、咸陽宮址から出土した瓦当の拓本が目にとまつた。そこにはみごとな大鹿の姿が描かれてゐたのである。それは會津八一『南京新唱』の表紙に載る大鹿に酷似してゐた。古代中国の文物にも通じてゐた會津八一は、この咸陽宮址から出土した瓦当の拓

本をわが歌集の表紙に用ゐたに相違ない。わたくしは胸を躍らせて、すばらしい造形、その拓本を買ひ求めた。（口絵参照）

ここから西へ、渭水上流の北岸には、前漢歴代の皇帝が眠る大古墳、巨大な塚山が並んでゐる。この塚山の裾野をかけめぐつた大鹿は、丸い瓦当のなかに閉ぢこめられて、はるかな二千年のむかしから、みごとな角が風を切るやうな勇姿を残してきたのである。

つかやまの　すそかけめぐる　おほしかを　とらへてきざむ　まろきかはらに
（塚山の　裾かけめぐる　大鹿を　捕へて刻む　まろき瓦に）

田辺昭三氏の『西安案内』には「咸陽市の街並みをぬけて道を西へとると、北側に渭水丘陵を見ながら畑の中の並木道がどこまでも続く」と言ふ。その並木には桐が植ゑられてゐるところもあつた。桐の並木の影が黄土の道に縞模様を描き出してゐたのである。そこで感興が湧いて、し、き、み、ち、などのイ列音が汪溢し交響する歌をつくる。

しまなして　かげひたつづく　きりのきの　しみたつみちは　きのつちのみち
（縞なして　影直続く　桐の木の　繁み立つ道は　黄の土の道）

はるばると行けば、遂に乾陵が視野に入つてきた。標高千メートルを超える主峰の南には、低い二つの峰が左右対称に並ぶ。そのまろやかな二つの峰の頂上には小さな建物があるので、遠望する目には女人の乳房のやうに見えた。そこから乳頭山といふ通称が生れたのであらう。それにしても巨大な乳房であつて、唐の第三代皇帝高宗と共に乾陵に合葬された則天武后の乳房もかくやと思はせるに足りた。その墓の主則天武后は、中国の長い歴史のなかでは唯一人の女帝であり、暴君としての一面を持つてゐた人物であるから、枕詞「ちはやぶる」によつて飾ることがふさはしい。すなはち、この枕詞「ちはやぶる」の意味は「千《ち》磐破《いはやぶ》る」であり、多数の岩石を破砕するやうな猛威を示す語である。そこで一首、前半には、ち音、ぶ音の交響を、後半にはたつのくりかへしを置いた。

ちはやぶる　武《ぶ》后《こう》のちぶさ　さながらに　ふたつのこやま　そらにむきたつ
（千磐破る　武后の乳房　さながらに　二つの小山　空に向き立つ）

秋の陽光が満ちわたる空は高く澄んで、そこにそびえたつ乾陵には、壮大な神性を見る思ひがあつた。その歌、前半にあ音、き音の交響を置き、第三句の「たかく」は前後に掛けたつもりである。

あまつひの　あまねきあきの　そらたかく　大乾陵《だいけんりよう》は　かむさぶるかも
（天つ日の　遍き秋の　空高く　大乾陵は　神さぶるかも）

時間の都合によって、墓道に立並ぶ石像を見ることができず、そこに心を残しながら、またはるばると西安市に引返す。その夜は唐楽宮におけるディナーショーに出席した。わたくしの期待は箜篌《くご》の音を聴くことであり、また胡旋舞《こせんぶ》を見ることである。岸辺成雄「楽器の名称」によれば、箜篌は「古代アッシリアに起源をもち、西域を経て東伝した竪形ハープ」である。それが芥川龍之介の秀作「修辞学」に

ひたぶるに耳傾けよ
空みつ大和言葉に
こもらへる箜篌の音《と》ぞある

と見え、また會津八一が愛好した唐の詩人李賀（七九一～八一七）の秀作「箜篌引《くごのうた》」にも見えて、わたくしの憧憬を誘つて止まないのであつた。七言十四句の排律「箜篌引」の冒頭六句を引く。

呉糸蜀桐　高秋に張り
空は白く　雲を凝《こ》らし　頽《くづ》れて流れず
江娥　竹に啼き　素女　愁ふ
李憑　中国に　箜篌を弾ず
崑山　玉砕けて　鳳凰叫び
芙蓉　露泣いて　香蘭笑ふ

しろきゆび　いとにをどりて　なる箜篌の　すがしねはとほき　もろこしのうた
（白き指　絃に躍りて　鳴る箜篌の　清し音は遠き　唐土の歌）

よみがへる　胡旋のまひか　をどりこの　すそひるがへる　西安のよる
（よみがへる　胡旋の舞ひか　踊り子の　裾ひるがへる　西安の夜）

百万人の大都長安には、多数の外国人も住んでゐた。そのなかには紅毛碧眼の胡人たちも多く、舞妓は西方の踊りを伝へて、長安の夜を彩つてゐたのである。それについては、石田幹之助の名著『長安の春』に載る「胡旋舞小考」を参照していただくこととして、ここに詳しくは述べない。この胡女による旋回の舞踊は幾つもの詩に詠まれ、たとへば白居易（七七二～八四六）の詩には、

胡旋女　胡旋女
心は絃に応じ　手は鼓に応ず
絃鼓一声　双袖挙り
廻雪飄飄　転蓬のごと舞ふ

と見えてゐる。胡旋舞とは胡地に出づる旋舞の意であるから、拙詠の「胡旋の舞ひ」はよからぬ表現であらうが、それを承知の上で敢へて音調を重んじた。あるいは「胡《えびす》の旋舞」とすべきであつたらうか。脚韻に「がへる」を置いた。華麗な舞台の上に、わたくしは遂にたしかに箜篌の音を聴き、胡旋舞を見ることができたのである。

四

その夜の夢にまで、唐楽宮の舞台が流れ込んできたのであらうか。わたくしはとぎれとぎれに長安の夢を見た。その二首、

西安の　やどりのゆめに　かみさしの　こがねはゆらく　まひのまにまに

（西安の　宿りの夢に　簪の　黄金はゆらく　舞ひのまにまに）

西安の　やどりのゆめに　しろがねの　くらほのひかる　しろきうまゆく

（西安の　宿りの夢に　銀の　鞍ほの光る　白き馬ゆく）

右二首のうち「ゆらく」は「ゆらぐ」にあらず、音を立てる意の動詞である。金の簪がふれ合つて、かすかな音を立てることを表現してゐる。また「しろがねのくらほのひかる　しろきうま」とは、李白（七〇一～七六二）の詩「少年行」に

五陵の年少　金市の東
銀鞍白馬　春風を度《わた》る
落花踏み尽して　何《いづ》れの処にか游ぶ

笑って入る　胡姫酒肆《こきしゆし》の中

と見える趣が念頭にあった。遊俠の貴公子たちの伊達姿を言ふのであらう。第一高等学校寮歌「春爛漫の」第四節の典拠でもある。

西安に別れる時が迫ってきた。市内市外を行き巡って、特に印象に残ったことどもを、三首の歌にまとめておく。

うづまきて　きのつちたてる　まちかどに　おもかげにみゆる　胡姫《こき》のまひかな

（渦巻きて　黄の土たてる　街角に　面影に見ゆる　胡姫の舞ひかな）

もろほほに　しわよるをぢが　かふとりの　こゑほがらなる　もろこしのまち

（双頰に　皺寄る翁が　飼ふ鳥の　声ほがらなる　唐土の街）

ふりそそぐ　あきのひあびて　石榴《せきりう》の　あけにほひたつ　西安のみち
（降りそそぐ　秋の陽浴びて　石榴の　朱にほひ立つ　西安の道）

第一首、街角に風が吹いて　黄色の土が渦を巻いた。そこにわたくしは胡姫の舞ひ、すなはち胡旋舞を見たのである。第二首、人生の退潮にある老人と、生気に満ちた小鳥との間に、明暗の対照を見た。頭韻「もろ」を置いてゐる。

第三首、西安には石榴が多い。この西域の果物「ざくろ」が秋の陽ざしを受け、まさに光り輝くばかりに朱の色を見せてゐた。あ音、せ音の頭韻あり、「にほふ」は色が美しく鮮かに見える意の動詞である。石榴は花も実も朱色の精であるのか。作家中野孝次氏は石榴の花について次のやうに述べてゐる。

この花の色を見ているとわたしは、この木の原産地であるというペルシャや、そこからシルクロードを伝わって日本までつづく遠い国々を想像せずにいられない。

會津八一の『寒燈集』に現れる石榴の花の色は、愛する養女を失った悲しみの色であつた。

かなしみていづればのきのしげりはにたまたまあかきせきりうのはな

しかし、西安の秋の石榴は輝いてゐたのである。いつかまた時があるならば、三好達治の随筆「柘榴の花」を携へて、石榴の花が咲くころの西安をたづねたいと思つてゐる。

旅の終りに臨んで、若き通訳は一管の横笛を取出し、日本の歌を吹いてお別れしたいと言つた。その曲「星影のワルツ」の哀調が、いまもなほ耳に残つてゐる。

別れることはつらいけど
仕方がないんだ君のため

別れに星影のワルツをうたおう
冷たい心じゃないんだよ
冷たい心じゃないんだよ
今でも好きだ死ぬほどに

（第二節省略、作詞白鳥園枝）

ほろほろと　通辞かなづる　ほしかげの　ワルツをききて　わかれきにけり

（ほろほろと　通辞奏づる　星影の　ワルツを聴きて　別れきにけり）

（付記）

拙詠西安旅情の歌三十首を文章に織りまぜて一篇とすることは、池田裕計氏が勧めてくださつたことである。この西安の旅をするにあたり、むかしの教へ子（大阪府立北野高等学校第六十八期生）廣瀬貞雄君の斡旋に負ふところ甚大であつた。特にしるして感謝の意を表する。なほ、末尾の歌には、ほ音、わ音の頭韻を置いた。

（第一高等学校同窓会誌「向陵」平成十三年十月）

（付録1）法輪寺の歌碑

くわんのん　の　しろき　ひたひ　に　やうらく　の　かげ　うごかして
かぜ　わたる　みゆ

奈良県内には秋艸道人會津八一の歌碑が多く、その大部分は道人の墨蹟を刻んだ第一級の歌碑であつて、平成十年七月に除幕された猿沢池畔の歌碑は、日吉館歌碑を一基とかぞへるならば、県内一級歌碑の第十二基にあたつてゐる。昭和十七年四月除幕の新薬師寺歌碑、昭和十八年秋の万葉植物園歌碑、昭和二十五年秋の唐招提寺歌碑、東大寺歌碑、以上の四基は道人の在世中に建立され、これに続いて法輪寺にもその墨蹟による第五基が建立されるはずであつた。道人が法輪寺講堂の本尊観世音菩薩立像に寄せた思慕は、すでに最初の奈良旅行にはじまり、歌碑の歌もその旅に得たとされてゐる。

しかし會津八一全集における道人の年譜、明治四十一年八月の項に「初めて奈良地方を旅行し、和歌二十首を詠ず」とあり、その二十首の草稿とおぼしき「西遊咏艸」（二十首、原稿用紙にペン書き、會津八一記念館蔵）にこの歌は見えない。これは『渾齋随筆』冒頭の記述と矛盾してはなはだ不審である。おそらく作者道人の思ひちがひであらう。

その歌を歌碑として法輪寺の境内に建立しようといふ意志は、道人がこの歌にまつはる執心を「観音の瓔珞」と題して昭和十六年二月の「創元」に載せたころに、すでに芽生えてゐたのであらう。然るに、かうした歌碑を寺の庭に建てることについては、奈良県当局の許可を要することであつたらしく、その許可が得られずに時が過ぎて、昭和三十一年十一月、遂に道人の他界を迎へたのであつた。この歌碑はその四年の後、住職井上慶覚師、彫刻家奥田勝氏などの尽力によつて成つた。

佛教に言ふ十界において、第二位菩薩界と第六位人間界とは遙かにへだたる。その菩薩界を吹きわたる清浄の微風は、観世音菩薩の宝冠から垂れる瓔珞を、その影を、白い額に揺らせながら、遠く人間界に住む道人の目にも映つたかのやうである。周知の如く道人の早稲田大学卒業論文は「キーツの研究」であつた。そのキーツが属するイギリス詩壇のロマン派において、微風は重要な詩材であるといふ。ロマン派の詩を愛好した道人の歌の世界を飾つて、微風は斑鳩の瓔珞をも吹いたのであらう。

本項については、小著『會津八一の歌』および『秋艸道人の歌』を参照されたい。

わたくしは法輪寺に寄進した瓦に佛法長久と墨書した。法輪寺の菩薩がその講堂に立って佛法を示現したまふかぎり、道人の歌碑もまたその庭に長久であらうと思ってゐる。

（會津八一のいしぶみ）

（付録2）薬師寺の歌碑

すゐえん　の　あまつ　をとめ　が　ころもで　の　ひま　にも　すめる
あき　の　そら　かな

秋艸道人會津八一には南京奈良の寺院にかかはる歌が多く、その歌を刻んだ歌碑は、すでに新薬師寺、唐招提寺、東大寺、法輪寺、法華寺、秋篠寺、海龍王寺、般若寺などの境内に建てられて、道人を敬慕する人々に親しまれてきたのである。しかし、興福寺、浄瑠璃寺、西大寺、喜光寺、法隆寺、中宮寺などにはいまだに建碑を見るに到らず、また当麻寺、橘寺、川原寺、室生寺、聖林寺などにも建碑がないままに時を経てきた。わけても大刹薬師寺に歌碑がないことは、そこに道人の秀歌があるだけに、佐佐木信綱の歌碑を見るにつけても、一抹のさびしさを禁じ得ないことであつた。

昨年になつて小柳マサ様からお便りがあり、それは秋艸会が薬師寺に道人の歌碑を建てることになつたといふ喜ばしいお知らせであつた。薬師寺にかかはる道人の歌は、

○しぐれふる　のずゑのむらの　このまより　みいでてうれし　やくしじのたふ

○くさにねて　あふげばのきの　あをぞらに　すずめかつとぶ　やくしじのたふ

○するゑんの　あまつをとめが　ころもでの　ひまにもすめる　あきのそらかな

○あらしふく　ふるきみやこの　なかぞらの　いりひのくもに　もゆるたふかな　(以上鹿鳴集)

○うかびたつ　たふのもごしの　しろかべに　あさのひさして　あきはれにけり

○みほとけの　ひかりすがしき　むねのへに　かげつぶらなる　たまのみすまる

○いにしへの　うたのいしぶみ　おしなでて　かなしきまでに　もののこほしき　(以上山光集)

などがあり、この中から「するゑんの」一首が選ばれたのである。

九月十九日の除幕式は、きびしい残暑の中を一時間に及ぶ盛典であつた。発起人代表として目録を贈呈するにあたり、わたくしは三つの條件をみづからに課した。すなはち、口上は努めて荘重であること、努めて耳にわかりやすいこと、努めて短いこと。以下はその口上である。

秋艸道人會津八一の秀歌を石に刻み東方瑠璃光浄土薬師如来の宝前に奉りますことは　わたくしどもの大いなる喜びでございます　あめつちと共に久しく此のいしぶみをお守りくださいますやうお願ひ申し上げまして　目録を贈呈いたします　秋艸会

平成十一年九月十九日

南京の大刹薬師寺様御中

（秋艸第十五号）

（付録3）門出の姿

歌人會津八一の文学活動は、まづ俳句俳論の世界において始まつてゐる。それは明治三十二年（西暦一八九九）、十九歳の年から華々しく展開した。同年の句数一五三句、俳誌「ホトトギス」に投句して掲載され、俳論「蛙面房俳話」を執筆して東北日報に掲載されるところとなつた。

翌年、明治三十三年、弱冠二十歳の六月に、道人は初めて上京した。新潟はすでに北陸の大都市ではあつたが、新興の首都東京の繁盛には比すべくもなかつたのである。この謂はば田舎の一青年が初めて大東京に足を踏み入れようとするとき、その胸に燃えてゐた炎は、正岡子規と面談することであり、東京専門学校すなはち早稲田大学に英文学を学ぶことであり、さらにはわが人生のはるかな道程に築くべき学藝の世界の、漠たる理想像であつた。この年の句数一四五句、そのなかに注目すべき一句がある。

春風や大江戸に入る懐手

このときの道人は和服に袴を着用してゐたはずである。昂然として胸を張り、懐手をして春風のなかを上野駅に降り立つたときの感懐は、この一句に結晶してゐる。その胸の張りはただに懐手によるだけではなく、盛り上がつて止まぬ青雲の志でもあつたのであらう。人生の大きな転機を自覚した青年會津八一が、いままさに新しい世界に旅立たうとする、その門出の姿を見ることができる。

會津八一は尾崎紅葉から鉄杵《てつしょ》といふ俳号を贈られたが、なぜかこれを用ゐず、八朔郎と称してゐた。その俳人八朔郎にとつて、明治三十四年の二十一歳の年は、病を得て戻つた郷里において、東北日報、新潟新聞の俳句選者となり、「蛙面房俳話」全十八篇のうちの十三篇を執筆するといふ目ざましい年であつた。この年の句数は四二八句である。

會津八一の俳句については、全句数一二九三句と言はれてゐるが、わたくしの計算では一二九〇句で、そのうちの大部分一〇八四句が、十九歳から二十八歳までの十年間に作られてゐる。この二十八歳の年、明治四十一年（一九〇八）の八月、會津八一は初めて奈良に遊び、そのときの感懐を「西遊咏艸」二十首の歌にまとめた。すなはち、ここに歌人としての第一歩をしるしたのである。この旅行においても、道人は注目すべき一句を詠じてゐる。

ふところにあつきこぶしや秋の風

この一句を理解するためには「対山楼にて」といふ前書があることに留意すべきであらう。奈良における道人の宿としては、日吉館がひろく知られてゐるが、道人と日吉館との出会ひは、大正十年十月の第五回奈良旅行にあつたのであり、最初の奈良旅行における宿は『自註鹿鳴集』に

作者は明治四十一年（一九〇八）の第一遊には、東大寺転害門外の「対山楼」といふに宿れり。

と述べてゐるやうに、対山楼であつた。右の「ふところに」の一句は、この対山楼における作なのである。道人はまた『渾齋随筆』所収の「衣掛柳」にも次のやうに言ふ。

私はまだ二十八歳の青年で、宿は東大寺の転害門に近い対山楼といふのであつた。その頃の私は、歴史も美術も、奈良のことはまるで無知であつたから、宿へ着くとすぐ、二階の廊下で店を出してゐた名物屋の女から、一冊十

銭かそこらの通俗な名勝案内を買つて、それをたよりに、見物を始めたのであつた。

かうした、謂はば無垢の白地を染めたものは、奈良の風物にかこまれて息づく佛教美術のふかぶかとした色彩であつた。飛鳥、白鳳、天平の世界にふかくひろく足を踏み入れようとしたとき、そこにこの一句は生れたのであらう。宿の浴衣を着て懐手をして「あつきこぶし」を秘めた道人を、奈良の初秋の風が吹くのであつた。ここにもまた門出の姿を見ることができる。

かくて、東京の春風に立つ懐手、奈良の秋風に立つ懐手の句は、道人の生涯における記念碑的な作品として記憶されなければなるまい。その後の道人は、大正年間にはまだ俳論を書いてゐるが、句作は二百余句にとどまり、昭和四年の一句を以て俳句の世界に別れたのである。

平成八年五月十一日、わたくしは神戸国際会議場において「會津八一の俳句」

といふ課題のもとに講演した。本稿はその内容の一部である。

懐手をした道人の遺影を思ひながら、この小稿を閉ぢることとする。

（南京会報第二十一号）

あとがき

昭和五十年代の中ごろ（一九八〇）から、わたくしは會津八一にかかはる小文を、あちらこちらに書くやうになつた。それをまとめて、まづ『會津八一の歌』を刊行し（一九九〇）、さらに『秋艸道人の歌』の刊行（一九九七）を経て、このたび本書『會津八一の旅の歌』を世に出すことができた。かうして小さな三部作の第三冊が生れるに到るまでに、二十年に余る牛歩を続けてきたのである。その間、公務に辛苦し、大地震の災を蒙ることもあつて、いささか感慨を禁じがたい。

本書の内容は、吉野秀雄『鹿鳴集歌解』と重複することを避け、會津八一『鹿鳴集』における旅の歌（山中高歌、放浪唫草、望郷、旅愁）百首の評釈を主体としてゐる。題簽の集字は、むかしの教へ子（大阪府立北野高等学校第六十八期生）、森川博之君の手に成る。しるして感謝の意を表する。

本書は前二著と同様に、いはゆる文庫本の体裁をとり、活字を大きくしてゐる。これは読者各位が秋艸道人の歌の跡をたづねられるときの携行の便を考慮し、また、老眼鏡を必要とするやうな中年以上の読者各位の便を考慮したことによる。秋艸道人の墨蹟から集字して題簽としたこと、著者の名に秋艸道人から寄せられた年賀状（昭和二十九年）の宛名を用ゐたこと、表紙に早稲田の色を用ゐたことなども、いづれも前二著と同様である。

秋艸道人會津八一の歌がいよいよひろく知られ、いよいよ高く仰がれるやうになることを願ふ。そのために本書が世に迎へられ、読者各位の理解を助けることができるならば幸ひである。筆を擱くにあたり、このたびもまた本書の刊行を引受けてくださつた和泉書院社長廣橋研三氏に厚くお礼を申し上げる。私事一言、本書を以てわが喜壽の記念とする。

平成十五年（二〇〇三）立春

著者しるす

會津八一作歌初句索引

あ

い

み

む

や

ゆ

山崎　馨（やまざき　かをる）～通称方靖～
昭和２年（1927）４月東京神田に出生
昭和26年（1951）３月東京大学文学部卒業
現在　神戸大学名誉教授　神戸親和女子大学元学長
飛鳥古京を守る会会長
著書
随想解説集『古京逍遙』（昭和59年和泉書院）
随想解説集『万葉集逍遙』（昭和60年和泉書院）
研究論文集『萬葉歌人群像』（昭和61年和泉書院）
解説集『古代語逍遙』（昭和63年和泉書院）
解説集『會津八一の歌』（平成２年和泉書院）
研究論文集『形容詞助動詞の研究』（平成４年和泉書院）
解説集『秋艸道人の歌』（平成９年和泉書院）
住所　〒662-0025　兵庫県西宮市北名次町２番26号

會津八一の旅の歌

2003年５月８日　初版第一刷発行

著　者　山　崎　馨
発行者　廣　橋　研　三
印刷所　亜　細　亜　印　刷
製本所　渋　谷　文　泉　閣
発行所　有限会社　和　泉　書　院

〒543-0002　大阪市天王寺区上汐５－３－８
電話　06－6771－1467
振替　00970－8－15043

ISBN 4-7576-0214-6　C1095